改革开放中国40年

[60后卷]

主编 谭旭东

SPM 南方出版传媒
全国优秀出版社 全国百佳图书出版单位 广东教育出版社
·广州·

图书在版编目（CIP）数据

亲历中国改革开放40年.60后卷／谭旭东主编.—广州：广东教育出版社，2019.1（2020.11重印）
ISBN 978-7-5548-2666-9

Ⅰ.①亲… Ⅱ.①谭… Ⅲ.①纪实文学—中国—当代 Ⅳ.①I25

中国版本图书馆CIP数据核字（2018）第282905号

责任编辑：卞晓琰　渠　汛　焦冬玲
责任技编：姚健燕
装帧设计：邓君豪

亲历中国改革开放40年　60后卷
QINLI ZHONGGUO GAIGEKAIFANG 40NIAN　60HOU JUAN
广东教育出版社出版发行
（广州市环市东路472号12-15楼）
邮政编码：510075
网址：http://www.gjs.cn
广东新华发行集团股份有限公司经销
北京一鑫印务有限责任公司印刷
（北京市顺义区北务镇政府西200米）
889毫米×1194毫米　32开本　6印张　150 000字
2019年1月第1版　2020年11月第2次印刷
ISBN 978-7-5548-2666-9
定价：49.00元

质量监督电话：020-87613102　邮箱：gjs-quality@nfcb.com.cn
购书咨询电话：020-87615809

序

用生动的文字微观表现改革开放

谭旭东

今年恰逢是改革开放40年,广东教育出版社陶己社长请我主编一套反映改革开放40年变化与成绩的散文集,并把它们奉献给少儿读者,这是一件很有意义的事。

于是,我立刻答应并开始组稿。我和陶己社长、卞晓琰老师一起商量,确定了"亲历改革开放40年"的选题,并且约定编4册,一册为"60后"的亲历散文,一册为"70后"的亲历散文,一册为"80后"的亲历散文,一册为"90后"的亲历散文。这就等于,请亲历改革开放的四代作家来讲述自己的亲身经历,来书写自己的切身感受,是很有代表性的。而每一册由10位作家来写,于是,这套亲历改革开放的散文集,就变成40位作家写自己的亲历散文。整个设计与策划,是非常有趣的,也很新颖,有意义。

这套书4册的作者是:"60后"的逄金一、高昌、李永春、张菱儿、耿立、王琼华、林超然、杨戈平、李琼林和我;

"70后"的鹤矾、竹风、雷鸣、谭旭日、马忠、梁安早、超侠、李一锋、卢耀东和叶炜；"80后"的胡松夏、解小邪、金朵儿、张旭燕、马犇、闻婷、范泽木、庄丽茹、赵卷卷和唐诗；"90后"的陈曦、张婷、信世杰、逄杭之、高源、王璐琪、王菲菲、高强、高处寒和佘飞。这40位中有的是名家，有的是文学新人；有的主要从事小说写作，有的是儿童文学作家，还有的主要从事文学研究，但基本上可以代表各自年代写作者的水平。更值得注意的是，他们用质朴温情、风格鲜明的文字记录了自己的所见所闻所感，把改革开放给自身、家人、家乡以及社会其他层面带来的影响，进行了真实的反映。

改革开放40年给中国带来了深刻的变化，也彻底改变了我和家人的生活。因此，我对改革开放40年也有很多想法。根据自己的体验和思考，我感觉改革开放最值得肯定的有四个方面：第一是思想的解放。改革开放把人们从故步自封、不思进取、视野狭隘中解放出来，学会了用眼睛看世界，学会了用头脑去思考世界，人们逐渐摆脱了小农意识，摆脱了本位主义。第二是经济的发展。改革开放主要是在经济领域展开，农村实行联产承包责任制，即包产到户，解决了农民的温饱问题，让农民的生产积极性有了极大的提高。市场经济和工业化程度越来越高，城市化进程加快。第三是科技的发展。人们的生活方式发生了巨大变化。老百姓的幸福指数日益提高。第四是文化的发展。改革开放40年带来的是20世纪中西文化的第二次对撞与交流。相信本套书中的40位作者，都有各自的收获，各自的思考。

近几年，文学界流行一个词"非虚构写作"，本套书也算是一次"非虚构写作"的实验和展示。"非虚构写作"不是儿童文学里的一个名词，欧美儿童文学理论话语里也不提"非虚构写作"。但在欧美文学的文类划分里，通常把文学分为"虚构"和"非虚构"，诗也独立于这两者之外。"虚构"主要是指小说和科幻文学、幻想文学。"非虚构"主要包括散文、纪实文学，中国人所提"报告文学"也应当归到"非虚构"里去。本套书中的作品算是散文，或者说都是亲身经历改革开放的微观纪实，是典型的"非虚构"，因此，这套书的编辑与出版，也算是40位优秀作家以"改革开放"为主题，集体进行的一次"非虚构写作"的尝试。相信，这套书一定会因为其文字的真而赢得少儿读者的喜爱。

我在全国100多家中小学校做过语文教育和儿童阅读指导，对少儿的阅读状况比较了解，对语文教育的基本问题也多有思考。因为家长的无知或盲目，电子媒体、流行趣味和流行阅读对少儿影响太大，浪费了很多少儿的美好时光。这套亲历改革开放的散文集，不但文字质朴，内容丰富，体验真切，而且能够把少儿带到一个全新的阅读空间里，去了解时代，了解社会，了解父辈走过的路，了解过去40年人们的生活。这是视线的延伸、视野的开阔，也是想象力和思考力的拓展，是语文课所难以做到的，也是一般的课外阅读难以做到的。相信少儿读者读的时候，会有很多感受，很多感叹，很多收获，很多思考!

最后,我要由衷地感谢支持本套书的40位作者,感谢责编渠汛和焦冬玲两位老师的耐心和辛勤付出!

2018年7月4日于上海大学;19日修改于北京家中

目 录

001

小书包,装着时代
逄金一

小小的书包,装下了时代的变迁。从1978年四毛钱的小书包,到2018年85元的新书包,作者以鲜活的事实,以自身的经历,把改革开放40年来的巨大变化,以小书包为切口、为道具,娓娓道来……

015

"青春诗会":当代诗歌的青春年轮
高 昌

"青春诗会"是新时期文坛一个标志性的文学符号,也是一个值得深入研究和思考的文学现象。《诗刊》和《中华诗词》这两大全国性诗歌刊物的"青春诗会",都分别推出了不少的好作品、好作者,也从一个侧面记录下了改革开放40年来中国诗歌这棵大树的一圈圈青春年轮。

031
雷坞村的记忆
李永春

在当今的乡村别墅里怀念逝去的老屋,感受着四代人住所的变迁;在宽阔的沿山公路上穿越,儿时摔跤的泥潭早已变通途;在大兆山看紫笋茶的回归,1200年前的贡品招牌成为村民的福祉……像中国千万个小村落一样,雷坞村一年又一年地坚守,终于等到了一个伟大的时代到来。

047
感受着生活的美好
张菱儿

我出生在20世纪60年代末期,亲身经历和见证了改革开放40年来的巨大变化。而感受最深的,还是源于我自己的家庭,我自己的生活。此时此际回看走过来的道路,我想起我的祖父曾经写下的两句诗:"斩披成世道,冷热濯人生。"

065
编年——我最初的文学履历
耿 立

20世纪80年代,那是文学的黄金时代,文学成了精神的宣泄、启蒙,也成了社会的窗口,成了社会关注和追逐的热点,少年正是做梦的时代,文学恰巧成了梦的翅膀,改革开放40年圆了一个农村孩子的文学梦。

081
扶贫记忆
王琼华

改革开放40年,就是扶贫攻坚的40年,也是农民群众对贫困与财富重新认识的一个过程。为什么这场扶贫攻坚注定要取得成功,因为我们始终秉持一个理念:共产党就是自己有一条被子,也要剪下半条给老百姓的人!

床前明月光
林超然

101

月亮只有一个，可在我们的心上，此时与彼时，竟是那样的不同。40年前，母亲说月亮像一块补丁；40年后，母亲说，月亮更像是一个金盘子……

高考记
杨戈平

121

恢复高考，是国家改革开放的第一声响雷！我生于20世纪60年代初，虽因当兵没能赶上当年的高考，但考上军校让我最终成为改革大潮里的一朵浪花。

我经历的那些事
李琼林

141

分田到户，土地改革，解决温饱；教育革命，从应试到推行素质教育；文化建设，从低谷到自强、自信。乡愁情怀，乡村振兴，生活迈进新时代！

两份特殊的记忆
谭旭东

165

改革开放40年给中国带来了深刻的变化和变革，也彻底改变了我和家人的生活……

1977年12月,响起改革开放的第一声春雷——全国恢复高考,希望的笑容绽放在每位考生脸上,"知识就是力量"的声音瞬间传遍全国。图为封面图:记录了当年高考时,在北京考点外的场景。

60后

作者简介：

逢金一，1969年生于山东胶南，博士后。中国作家协会会员、山东省作家协会全委会委员、山东省散文学会副会长、济南市作协副主席。著有诗歌、散文、学术等各类著作12部。现供职于《济南日报》。

小书包，装着时代

逢金一

1978年，我9岁，在山东省胶南县海崖公社小井村小学上三年级，背着母亲给我做的小书包。

这个小书包是用一尺二深蓝士林布做的。说起士林布，其实我们并不陌生，在民国的电影里，就经常会看见穿士林布的漂亮女学生。它学名阴丹士林，有各种颜色，以鲜亮、干净的青蓝色最受大众欢迎。母亲是爱美的，给她孩子做的书包也是漂亮的。我就是背着这样一个美美的小书包，向我的人生，我的未来，雄赳赳出发的。

那时一尺布三毛四分钱，做这个书包就用了

四毛多一点。

那时，我书包里的本子都是我们自己"割"（gā）纸，然后再手工制成的，没有现成的笔记本。纸张要去大队门市部里买，门市部就是当时的超市，当然，物品的数量与品种都少得可怜。

那时也一般不叫"买纸"，而叫"揭纸"。纸是"洋火连"纸，两张五分钱，再裁成三十二开，装订成本子。这听起来很艰苦，可是，这样的生活反而更生成了一种神圣感、庄严感。字与纸张是少而难得的，又因为承载了精神世界的任务，因而是神圣的，带有字的纸都是不允许随便丢弃的。手工裁成的本子，正反面都要用，而且要用满，字通常都写得密密麻麻。

那时候，遇到与学习有关的花费，母亲若是手头没钱，总会让我去罐子里摸个鸡蛋卖掉，一个鸡蛋能卖六七分钱，够买一支铅笔了。那时，我们农村不知道还有银行这样的机构，更不可能想到40年后会有手机银行这种古灵精怪的东西，不可能想到大把大把的钞票会从自动存款机那张神秘的大嘴里哗哗吐出来。我们只有"鸡屁股银行"。

那时的小书包里，除了课本与纸笔，还装着《地道战》《地雷战》《南海怒潮》等战争类课外读物，这是我最喜欢的。后来又有了《于无声处》《一只绣花鞋》《绿色尸体》等，不过我看不懂，或者不是很上瘾。

1980年，全家搬到了胶南县城。我先在东

1980年，11岁的我搬到了县城居住

楼小学上五年级，随后在胶南一中读了六年的初中、高中。东楼小学是县城里最好的小学，城里的好多大人物都在这所小学上过学，因而它被我的一位乡村小伙伴称羡为"胶南的黄埔军校"。胶南一中也是县城最中心的一所中学，外交家李肇星就曾在这儿上过学，是我们的校友。有一年校庆，他回来做报告，因其口才好，轰动整个校园。不巧那天我值日，领着几个人做学校宣传栏的设计，化学老师路过见到我们时，遗憾地对我们说："唉哟，你们可真亏大了！"

这时候，我背的是一个块把钱做的蓝布书包。本子有成品的了，笔有了"自来水笔"和圆珠笔。家里住房紧张，我就住校，睡大通铺，每周回家一次。这时候的书包，印象最深的功能是用来装吃的东西，也许是因为我正处于长身体的时候，每次回家，书包里总会装些好吃的东西，其中就有

1984年，15岁的我上了中学，住校

"面子"。这是一种放红糖的油炒面,类似现在的芝麻糊、豆奶粉,早上用开水和着吃,香香甜甜,味道好极了。每到冬天,母亲就会给我炒上一大包,让我带到学校。有时还会带澄黄澄黄的玉米饼子、绝无农药的韭菜饼,还有煮地瓜、煮土豆与煮花生。那时候没有米饭,馒头极少。同学们自带铝制饭盒,学校锅炉房会统一为大家热饭。

上高中后,书包里装的多是考大学的书。语文、政治、英语、数理化、史地……都是些实用而直奔目的的书。政治书上开始有了"改革开放""十四个沿海开放城市"等内容。课外书也渐渐多起来了,记得有一次读柯云路的《新星》,废寝忘食,还有《红楼梦》,读书笔记做了一大本。

1987年,我18岁,虽然高考成绩足以被山东大学录取,却因为报了中央民族学院,最后以第二志愿被聊城师范学院录取。

上了大学,我从此长期离开了生我养我的胶南县。

关于我难忘的胶南县城,在这里一定要多说

几句。它在我的父辈时代，曾属于昌潍专区，后才隶属于青岛。1990年由县而升级为胶南市，我记得当时是青岛地区最后一个升级为市的县。世事推移，现在，它又更名为青岛西海岸新区了。"胶南"一词业已成为历史词语，胶南已成为"旧地名"了。

离开了胶南，我来到鲁西，背上了富有青春色彩的草绿色帆布书包。

大学里就自由起来了，几乎不听课，考试都是应付，精力都在学校图书馆的书上。学校图书馆里我认为值得读的书，基本上都在我的书包里走了一遭。这是书的走台、思想的跑马。印象深的作者有尼采、萨特、马基雅维利、伏尔泰、托尔斯泰、李泽厚、北岛、王朔……最值得自豪的是把《鲁迅全集》与《巴尔扎克全集》完整地读了一遍。读书笔记做了一大摞，这可是我在茫茫书海所淘的金沙啊。

这时候书包里还有一种特殊的东西：远方的带有初恋滋味的书信。它们点燃了青春的激情，也催我写下了好几大本子的诗歌，都放在书包的最隐蔽处。

音乐是大学生活天空中自由而美丽的云彩。克莱德曼的《命运》《荷东》，齐秦的《狼》都是此时的最爱。它们以盒式磁带的外观被放在书包的最外层，这是需要经常和弟兄们炫耀与交流的。

1991年，我考入山东师范大学，读外国文学专业研究生。这时候，我用上了一个多层的黑色皮包。皮包在当时是时尚的包，正像那时的人们都热衷置办一两件皮衣一样。此时，书包里多了西方文学理论方面的专业书籍，也有"四书"及《贝奥武甫》《摩珂婆罗多》等闲书，还有轰动一时的刘晓波的书及《废都》等。

1994年，我被分配到"济南日报社"工作，常用的是一个皮质小公文包。在我眼里，社会是所大学校，我是它的小学生，我所用的包因而永远是"书包"，何况我的读书生活一直未曾间断过。这个"书包"内有名片夹、摩托罗拉牌BP机、采访本以及至少两支笔。有一次，它还装过一支派克笔，那是哥哥送给我的。

新闻业是个极容易浮躁的行业，起码20年前是这样的。请吃请喝、请唱请舞、送礼塞钱、好话伺候……1996年以前的我，刚参加新闻单位不久,大致就生活在这种环境中。

父亲是1996年患癌症辞别人世的,56岁。查出时已是晚期,给全家留下了只有一年左右的时间。如果是76岁,我也许就不会那么悲伤,然而那只是一个不到一个甲子的岁数,留给我的是刻骨铭心的永远的痛!"如丧考妣",这个词不知是谁发明的,我是深深地体会到了它的准确、深刻与残酷。

我开始捧起了久违的书,只有书能暂时平息内心的波澜。父亲的去世让我一下子感觉到以前所过的生活的肤浅与无聊。生命如此脆弱,人怎么能那样轻飘飘地活着呢?从众多的酒场,我退出来了。也许是因为退得太决绝,伤了一些朋友的心,抹了领导的面子,有一段时间,人际关系搞得很紧张,我顾不了那么多,我没有心情去解释,也不想博得任何人的同情,我只是埋下头,深深地埋下头,去读书。

我买了《二十五史》,12大本,装了整整一个大纸箱子。一本本地读,有感想便记下来,看完一本便整理读书笔记,连缀成文,或短或长,或整或零,以反思性的随笔为主。约半年多的时间,我读完了这洋洋6000万余字的文化群著。《〈史记〉之瑕》《精神的大撒把时代》《遗失在历史深处的原因》《历史常让浪漫主义者失望》《东汉气象》……自1996年11月11日起,约是一周一篇,这些随笔在《济南日报》陆续发表,后来又在《西部商报》等开了专栏。

这便是"重读古典"栏目。它后来获了一系列的奖,包括"山东省新闻报纸名专栏"奖、"中国报纸副刊好专栏年赛一等奖"等。

专栏是用十几个笔名发表,但主要的有四个,都是因为对父亲与我的胶南老家的念想。

1997年,28岁的我和妻子一起

"相公山",是我们老家那个小村唯一的一座山,以前山上还有"马虎",也即是狼,山上好像还有过一条小山泉汇成的山沟沟,父亲曾带我到这山上,一起看山下的风景。父亲说,古时有个赶考的相公,走到我们村这儿,累了,就坐下来,磕打磕打鞋,磕出一粒小沙子,那便是这座山,因而它便被叫作"相公山"——这是我一生中唯一一次听人说起这座山的故事,所以记得很真切。第二个笔名"杭之",出自《诗经》,是希望我能像那根著名的芦苇一样,快快走出亲人去世所带给我的心灵困境。第三个笔名"括囊",出自《易经》,意思是人到了逆境之时,要像收紧的袋子一样,对任何事情都三缄其口,这样就能保证虽不会得到什么,却也不会失去什么。第四个笔名"小井",那是我们那个小村的名字,父亲说,村里是先有村北那口甜水井,才慢慢地形成了这个村的——这也是我唯一一次听人讲关于我们那个村的故事。

新闻部门的办公室是忙碌的,难以读下去书。我当时幸好有个离办公室极近的宿舍。那是一个集体宿舍,从建舍以来共住过五人,全是硕士,其中的三名分别考上了复旦大学、山东大学、中国社科院的博士。有人戏称这是单位里最优秀的宿舍，我却只知道这是单位集体宿舍中条件最差的宿舍，冬天因是阴面而严冷难当，窗外是四个扑扑作响的巨型燃油空调器，专门在你晚上睡觉时，有力地证明它们的存在。暖气片年年都得自己放水，一放一上午。夏季的宿舍是个最锻炼人的地方，那四个大空调器改为水烧，震天的轰鸣准时在晚上11点雄壮地响起，让你无法入睡。因需为夜班服务，空调器要一直响到凌晨3点左右，宿舍窗户离空调器只有不到两米的距离，哗哗的水声不绝于耳，梦中所见全是洪涝灾害，睡眠质量明显降低。实在不能逃避，我们就跑到办公室去睡，留守宿舍的，也只好挨到半夜再睡；或干脆学学阿Q，把轰鸣声权当作美妙的庐山瀑布——啊！飞流直下三千尺，疑是银河落九天，人间仙境，清凉世界，鱼翔浅底，百舸争流……

就在这个环境里，我完成了我的读书之梦。

而我的皮质小公文包里，也装满了我的文稿，不断变化、改动与丰富着的文稿，一篇又一篇，一摞又一摞。自然，这个包里也还装过《尘埃落定》《草房子》《铁皮鼓》等流行一时的书。

2005年，36岁的我正在攻读博士

2011年，42岁的我有机会与作家张炜（ ）合影

可以说，这是那几年精神世界的一大享受。那种快乐是陷身大海的快乐，快乐中带点危险。那种享受，按柏拉图的观点，是心灵深处的智慧的至上的享受。将古典著作与现代新闻写作结合起来，用当今的目光去抚摸古典。在牛仔裤与宽衣博带、崔健与韶乐、市场经济与仁义道德、民主与皇帝、自由恋爱与妻妾成群……的纠缠之中，叹息、陶醉、呼喊、挣扎，沉浮又沉浮，锤炼又锤炼。

至今，我仍然非常感谢那段时光，感谢那些书籍！它们给了我又一次比较纯粹的叩谒经典的机会，并促使我更加努力学习，不断"夕惕若厉"，不断长进。用我所在的行业的术语来说，这是一次特殊的"采访"，是相对的、单向度的、无声的采访，是无须预约的采访，是心灵与智慧的采访。

2017在杭州，48岁的我依然挚爱写作　　2018年，49岁的我见证着时代的变迁

我那皮质小公文包，鼓了又瘪，瘪了又鼓。当它最后瘪下去时，我的《沙里的思想》《双倍的生活》两本书分别出版了。

2004年，我考入山东大学读文艺美学博士，背的是省美协换届时发的大包。这包可以装大开本的英语书，可以装A4打印纸。包内装有第一代的三星牌小手机、U盘、移动硬盘、博士证、校园卡、购书卡、口香糖、2B铅笔、多支签字笔——这个时候，几乎没有人用钢笔了。包内还常装有两三百元的零花钱，足够我与几个师兄弟搓一顿，或者买几本需要的书。不过，如同这个时代有太多的假冒产品一样，这居然也是一个假皮子的包。有一次，因为装了太多的书，带子处轰然裂开，康德、黑格尔等纷纷跄跄倒地——就仿佛卖假货的老板的脸，因遭查处而突然变色。

时至2018年，我又背上了一种黑色宽大的帆布包，大十六开的，是从著名的济南泺口批发市场买的，舒适漂亮，拉链头上的那块头铁，是那种亮亮的且很有厚度、有质感的不锈钢做的，有四个之多，偶尔碰头在一起，会发出一种叮叮当当的悦耳声，恍若有《诗经》"环佩叮当"的感觉。包的右下角，还扎了一小块皮质牌子刻了产品名称，居然是英文的：LOCAL LION，小字是canvas bag，估计是仿品。这是妻子特意为我选的，从150元讲价到100元，再讲到80元，最后以85元成交。

就是这个价格，也比40年前的1978年，我那花费四毛钱所做的第一个书包，贵了200多倍。

在这个最新的书包里，依然装着不断变化的文稿、讲稿，当然也不断有新书，比如余秀华的诗集、雷平阳的诗集，还有旧房子与新房子的钥匙，换代了几次的智能手机，单位新大楼的门禁卡，随身携带的各种药品，如大青叶、消炎药、咽炎片、肠胃药等。

小小的书包，装着我的梦想与人生，也装着飞速变迁的时代。

60后

"青春诗会"：当代诗歌的青春年轮

高昌

作者简介：

高昌，1967年6月1日生于河北辛集，1985年毕业于河北无极师范，1989年毕业于河北大学作家班。现任《中华诗词》杂志主编、《中国文化报》理论部主任。主要著作有《两只鸟》、《带一本书去北京》、《白话格律诗》（与刘章合著）、《变成一朵鲜花》、《唐诗故事》、《宋词故事》、《公木传》、《玩转律诗》、《玩转词牌》、《百年中国的感情气候》等。

改革开放40年，百感交集。20世纪70年代末80年代初，诗歌带着最直接、最活跃、最敏锐的声音，昂然走在时代前面。

回首来程，无论风雨晴晦，诗歌为我们留下了改革开放40年的一份清晰的精神标本和感情档案。或低吟浅唱，或引吭高歌，或激情论辩，或委婉抒怀，或默默沉思，或扼腕哀叹……滚烫的诗心汇聚成燃烧的星座，放射出瑰丽璀璨的美好光芒。青年诗人的歌声是时代交响乐中极富华彩的一个声部，而"青春诗会"吹响的则是一代代青年诗人的集结号。

1980年夏，诗刊社组织17位青年诗作者参加创作学习会。会议的成果在《诗刊》1980年10月号以"青春诗会专号"发表，轰动诗坛。这个青年作者创作学习会后来被称为第一届"青春诗会"。"青春诗会"除个别年份因为特殊原因停办以外，其余年份在诗刊社都得以延续下来，成为诗坛一个品牌，激励和鼓舞了一代又一代诗人成长，并博得了诗坛"黄埔军校"的美誉。

2002年，《中华诗词》杂志社借鉴诗刊社这一成功品牌形式，也开始连续举办青年作者参加的旧体诗词的"青春诗会"，同样产生不小的影响。两大全国性诗歌刊物的"青春诗会"，都分别推出了不少的好作品、好作者，也从一个侧面记录下了中国诗歌的一圈圈青春年轮。

"青春诗会"是新时期文坛一个标志性的文学符号，是改革开放40年之际一个非常值得深入研究和思考的文学现象。我的作品在1999年入选过诗刊社的"青春诗会"，在2004年入选过中华诗词杂志社的"青春诗会"。我自2011年起作

因"青春诗会",我结识了许多诗歌爱好者

为执行主编、主编连续组织筹办《中华诗词》杂志的"青春诗会"。我对"青春诗会"有着浓郁的切身感受,也有着深厚的个人感情。几十年的光阴弹指一挥而过,"青春诗会"仿佛还是心灵之间的接头暗号,仿佛还是"青春"之间的一种共同的回忆和感叹。回顾"青春诗会"的发展历史,总结其几十年来的成就、经验和教训,关注青春诗坛审美理想和艺术情趣的演变轨迹,相信对中国当代诗歌的发展是有益的。

一

　　谁说生命是一片树叶

　　凋谢了,树林依然充满生机

　　谁说生命是一朵浪花

　　消失了,大海照样奔流不息

　　谁说英雄已被追认

　　死亡可以被忘记

　　谁说人类现代化的未来

　　必须以生命做这样血淋淋的祭礼

　　舒婷在第一届"青春诗会"上发表的这首《风暴过去之后》,大声呼唤人的价值、人的尊严;人们的思想洪流冲破禁锢和闭锁,它给时代带来充满活力和冲击力的崭新格局。而顾城在第一届"青春诗会"上,则留下了这样一首忧伤的《远和近》:

你

　一会儿看我

　一会儿看云

我觉得

你看我时很远

你看云时很近

　　顾城的这种忧虑有着浓郁的个人色彩，也烙印着深深的社会标记。思想观念变革的同时，其实也侵蚀了一些古道热肠、中庸守旧的传统处世态度，并伴随着心灵距离的拉大和人与人关系的冷漠。第一届的"青春诗会"就留下了深刻而不朽的时代写照。五彩世相折射在五花八门的诗行里，如陈年的酒，积淀着浓郁的岁月芬芳。据参加第一届"青年诗作者学习会"的叶延滨回忆，该诗会或曰"学习会"，参加"学习会"的青年诗人多数就住在编辑部（当年编辑部在北京虎坊路甲15号），少数"走读"。在这五天难忘的时光里，中国诗歌界最有名的诗人和理论家都来到诗会上为年轻诗人讲课，在开放、包容、民主的氛围里进行不同时代心灵之间的坦率交流、尖锐交锋和热烈对话。变革的社会为诗歌提供了宏阔的思想空间和历史背景,思想解放运动与青年诗人们的火热激情的对撞,迸发出了灿烂的思想火花和艺术光芒。青年诗人们既是时代罡风吹送中的"双桅船",也是寻找光明队伍中最富神采的黑眼睛。"青春诗会"突破了各种陈旧束缚和生锈的观念,呈现出多元化的审美视角和多样化的文化生态,在各种中西思想维度中闪耀着灵性之光芒。他们带着滚烫的生命意识、创新精神和探索激情,完成精神的成长和蜕变,并以五花八门的个性和姿态向着中国诗坛列队走来,记录下自己青涩而新鲜的青春体温,也唤醒更多沉寂而迷茫的青葱岁月。

二

1999年夏天,我去山东聊城参加诗刊社的第十五届"青春诗会"。忘了那次诗会是几天了,反正非常仓促就结束了。如果没有记错的话,好像是会议接待方面发生了一点问题,所以告别的时间只好提前了。印象里,那相聚的时间好像一小截甘蔗,刚刚让人尝到一点点滋味,却马上就到头儿了。

云水苍茫，浮云万里，以诗歌和青春的名义相聚在一起，又很快分手，各自奔向美好的前程。虽然很多人的模样已经记不清了，站在面前也可能认不出来了，但是很多美好的姓名，已经被我写在心里，捧在手里，珍藏在梦里了。龚自珍说"万人丛中一握手，使我衣袖三年香"。想一想，隔着千山万水来相识，即使是像张爱玲说的那种两条相交的直线，偶一相会，然后就掉头而去再不相逢，也仍然是一种难得的值得珍惜的缘分，更何况这种缘分还有着诗歌和青春为标识的双重主题。

"青春诗会"上有过争执吗？有。

"青春诗会"上有过分歧吗？有。

关于诗歌，我有自己的理解。很多地方，可能也和其他一些诗人的观点并不相同。对于自己，我有着一份自信的坚持和美好的期许。对于别人，我也很愿意真诚地送上一份温馨的祝福和热情的关注。无论写新诗，还是写旧体诗；无论是先锋派，还是传统派；无论是青春诗人，还是不再青春的诗人，有一点应该永远都是相通的，永远都不应该有分歧的，这就是向真、向善、向美的那颗赤子之心。不以诗篇为生命，而以生命

诗歌是我最重要的爱好

作诗篇。最重要的不是呈现在纸上的五花八门的华丽文字和机敏的小技巧,而是用深深的脚窝印在广袤的大地上,书写漫漫人生这首最壮丽的诗篇。

在《诗刊》1999年那届青春诗会的专号上,我的诗歌被排在最后一个。在我发表的那几首短诗里,《即使我是一块冰》被排在最后一首。在这最后一首诗的最后几行,是这样写的:"能和叶儿一起/回味开花的快感/能和花儿一起/体验青春的热情/我的心将因快乐/而默默消融//在这动人的风中/我无法再维持我的冷漠/以及我的冷漠的天性/即使我是一块冰/我也和大家一起放开喉咙/太阳你好/你好 颤栗着的歌声/温柔而坚定。""青春诗会"对我而言已经很遥远了,但"太阳你好"的呼唤在我耳边一直很近。那颤栗着的温柔而坚定的主旋律,也一直在我心中回响,这就是:唱温暖的歌,走光明的路,做干净的人。

诗歌很自然地与青春一路同行、和爱一路同行,把一段段生命的记忆,变成一畦畦彩色的风景。心灵的琴弦被拨动了,总是会流淌出旋律的。任何时候,真挚温暖的声音,都会寻找到同一频率和节奏的共鸣。

三

新时期以来,新诗和旧体诗词的诗会很多。曾经有一段时间,新诗的参加者一概青春似火,旧体诗词的参加者大多白发如霜,两者很容易分辨。尽管《中华诗词》《当代诗词》《长白山诗词》《东坡赤壁诗词》等著名诗词刊物的发行量不小,但旧体诗词的作者和读者的相对老化现象也越来越突出。难道传统诗词就仅仅只是一拨儿即将退休或已经退休的老头老太太所钟爱的"夕阳艺术"?答案当然是否定的。

2002年,在北京中础宾馆举办的一次旧体诗会就出现了一批年轻面孔。这是《中华诗词》杂志举办的第一届"青春诗会"。与会的十几位诗人来自天南地北,有来自乡村的多情歌者,有来自闹市的隐逸诗人;有在读的博士、硕士,也有大学生、中学生。据当时的《中华诗词》主编,也是曾经的《诗刊》副主编杨金亭介绍,"青春诗会"是从诗刊社连年举办的同名诗歌活动借鉴而来。《中华诗词》打算通过类似的严格选拔、集中改稿、名家点拨、统一亮相等方式,每年推出12位写旧体诗词的青年诗人,从而打造全新的诗词新军,增加新的血液,推动诗词事业发展。记得杨金亭满怀信心地说:"10年之后,将这些青年诗人再请回来,将是一个多么壮观的创作队伍。"

中华诗词学会特别是《中华诗词》杂志始终给予"青春诗会"极大关注,对青年诗人的成

我成为"青春诗会"的积极推动者

长寄予了殷切希望。记得我参加的2004年那届"青春诗会"上,当时的学会会长孙轶青告诉我们:读诗写诗能够深化人的感情,升华人的思想境界,诗是一种美的享受。郑伯农提到某些青年诗作者作品中的不健康倾向,提醒青年诗人要注意走好脚下的道路。杨金亭则认为好的诗歌要有感情,要有浪漫主义的想象力,要有妙悟。他鼓励年轻诗人们以第一等胸怀,写第一等诗歌。当然,旧体诗词要想真正青春起来,仅仅有青年的参与,还是不够的。思想、感情、语言"三旧"的作品时有所见,一些生僻的甚至确已死了的文言字词,以及那些"徐娘""萧娘""檀郎""香钗""玉貌""红腮"一类俗不可耐的词汇,也出现在某些诗人笔下。原中国新闻大学教授周笃文先生举例说:"有位年轻的女诗人现在写诗，还在自称奴和妾之类，这种现象引人深思。"青年诗人写旧体诗，应该维持人的尊严和道德自觉，思想语言不能旧，酸气腐气更不能要。老诗人刘征说："有人主张写旧体诗要讲究原汁原味，'汁'可能指内容，'味'可能指韵味，今天的生活和古人不同，永远不能再有'原汁'，当然'味'自然也不同，今天的诗人，怎么会有古人的原汁原味呢？……"

2011年起，我连续参加"青春诗会"的组织和筹办工作，近距离地接触青年诗友们的作品，非常欣喜。他们鲜活生动的表达，让我感受到了一颗颗年轻诗心的深情跃动和激情汹涌，让我分享了他们的胸襟、情怀和本真，也让我又一次看到了中华诗词从复苏到复兴、从复兴到振兴的青春写照。如果非要说一点不足，是我感觉部分诗人的取材角度还是偏窄，符号化的意象和类型化的情感多了一些。一首好诗，需要有血气的光芒和灵魂的重量。如果只让人注意到优美的辞藻和熟练的手艺，还仅仅是一件出自匠人之手的精致的工艺品。只有加上"胸襟""情怀""本真"等等这样几个关键词，才能拥有活蹦乱跳的生命活力。尽管经过整容的文字光鲜悦目，而终究还不是天然的美——总会露出人工的破绽来的。

2018年5月24日,"青春诗会"在山东新泰举办。我在开幕式祝辞中说:"中华诗词走遍天下,总能找到同一节拍的心跳,总能唤起同一频率的共鸣。'青春诗会'是弘扬中华诗词、培养青年诗人的一种有意义的尝试。教学相长,青出于蓝。'青春诗会'的交流和切磋,不一定都是表扬和自我表扬,也可以红红脸、出出汗、扯扯袖子,大家一起为提高诗词质量付出真挚的共同努力,更倡导认认真真的实在功夫和精益求精的工匠精神。入门须正,立志须高。诗词创作,贵在言为心声,抒写性灵,同时也要有扬清激浊的勇气,要有美丽和健康的情怀。"

四

正是对"青春诗会"的深情回溯,使我再一次重温了生意盎然的青春中国所特有的奋斗和沉思、激情和苦闷、光彩和魅力。而今述说一个个熟悉的姓名,默诵一行行青葱的诗句,仿佛是在重逢自己的青春记忆。时光风雨会让落英缤纷,也会让另外的一些花朵在怒放的过程中更加醒

我在"青春诗会"上发言

目,更加芳芬。青年诗人们作为激情和沉思相互交错的年代的文化偶像,虽然没有今天常见的粉丝团、形象包装、个性炒作等喧嚣的推广形式,却以纯文本的本真姿态,把滚烫的歌谣播洒进难忘的青春岁月,烙印在一代代葳蕤青春的心灵深处。人的青春当然不能重复,却可以因为诗歌的缘故而得到保鲜和升华。

"青春诗会"目前已经发展成为中国最具影响力的诗歌品牌活动之一,也是引人瞩目的诗坛盛事,是青年诗人闪亮登场的大舞台。屈指算来,诗刊社从1980年起,已经成功举办34届"青春诗会",《中华诗词》杂志从2002年起,也已经成功举办了15届"青春诗会"。两家刊物的"青春诗会"加在一起,推出的青年诗人应该不下500余位了吧。尽管当下"青春诗会"存在着某种程度的碎片化、同质化的缺陷,但是"青春诗会"的活力和魅力毕竟依然还在。每届"青春诗会"推出的诗人和作品,都成为与时代同步的诗坛焦点。可以说,"青春诗会"是中国新时期诗歌的加油站、标本室、晴雨表和接力赛。

诗刊"青春诗会"的成绩有目共睹,中华诗词"青春诗会"也因为反映了新的现实生活,注入了新的文化内涵,借鉴了许多新的艺术手法,而得到了众多当代读者的关注。不仅以其创作实绩吸引了众多的读者和作者,同时也成为当代文化的有机组成部分。伴随着社会的变迁,诗歌发展也是动态的,诗歌作者队伍构成也是在不断变化的。21世纪的国民受教育程度,与20世纪50年代甚至需要办扫盲班的时期是不可同日而语的。当时认为"不易学"的旧体诗,对今天的许多中等以上文化程度的作者来说,已经不是什么问题了。这一小小细节,折射出的正是时代的大进步和文化的大发展啊。

"青春诗会"的美丽,是伴随着中国文

化建设的生动实践而陆续展现的。其中有经验,也有教训。一年一度春风好,年年岁岁诗兴浓。欢迎新诗友,不忘老诗友,"青春诗会"的队伍越来越长,"青春诗会"的朋友越来越多。"青春诗会"的大树又增添了一圈圈坚实厚重的年轮,我们的精神家园建设又掀开了丰富多彩的崭新的一页。传统诗词酝酿青春冲动,青春节拍展现古典风采。子在川上曰:"逝者如斯夫。""青春诗会"见证了中国诗歌事业的发展轨迹,参与了中国改革开放的奋进历程,也为推动中华当代文化的蓬勃发展奉献了激情与汗水。新的时代,新的机遇,新的生活,新的问题,呼唤新的诗篇,成就新的经典。

最后我要说的是,青春岁月里有一段写诗的日子,是多么美好的一段旅程啊。如果一个人的心中埋有一粒诗歌的花籽,就如同为生命珍藏了一片常青的春天。如果一个人的手中擎着一把激情的圣火,就如同为灵魂准备了一片燃烧的彩霞!

60后

雷坞村的记忆

李永春

作者简介：

李永春，记者、作家，毕业于南京大学中文系，现居浙江湖州，浙江省作家协会会员。在全国报刊发表散文、诗歌及中短篇小说150多万字，中篇小说代表作《山村的骚动》。著有非虚构文学作品《记录着》《再走也走不出故乡》，长篇小说《大雨降至》及写作辅导书《给写作开门》。2017年起转型儿童文学创作，将有多部儿童文学专著陆续出版。

雷坞村是浙北一个山坳里不足200户的自然村，隶属于长兴县水口乡金山行政村，是生我养我的一个平凡而又普通的小村落。我高中毕业后离开这个村，正和改革开放的节奏同步，40年来我一直与她相守相望，即使现在那里早已没有了我的祖屋，但她在我心中一直占据着核心位置，我也从来没有在离她半径20公里之外的地方工作过。即使这样，她的变迁和进展，也总能让我获得无法形容的惊喜。《再走也走不出故乡》就是我专门献给她的一本书。我甚至固执地认为，我是她亲历变迁最适合的记录者。

金山行政村入口,是进入雷坞自然村的主要通道

一

今年的立夏一过,我终于下决心同意带着一帮"小作家"去雷坞村采风,以满足他们多次提出的愿望。但这次安排的线路,却和以往的走法不同,大巴从水口乡的徽州村翻越洞公岭。

洞公岭是我小时候去得比较多的地方,那里还有我家的茶园。因为在岭上,茶叶的品质非常不错,但那时候政策不允许搞经济作物,这大名鼎鼎被陆羽写进《茶经》的紫笋茶,也无法给我们带来福祉。拔小笋、采蘑菇之余,我喜欢坐在这个岭上,面对远处的崇山峻岭,做一个个飞越大山的梦;我喜欢看着眼前红成一片的野草莓,演绎起一个山村孩子浪漫的童话。

这次，我带他们去采风，除了带他们一起寻找我童年的记忆外，还打算带他们到我儿时的"草莓岭"去寻找童诗和童话的灵感。

孩子们喜欢出自洞公岭的所有作品，这次的野外课堂早已让他们激动了好几个晚上。那天的事实也确实证明了，洞公岭也成就了他们的梦。他们说，要把这里的环境搬到自己的童话作品里，他们还站立在洞公岭上朗诵我的诗歌《洞公岭》。从他们脸上洋溢的幸福里，我也找到了自己的童年。

徽州村和雷坞村不仅同属于水口乡，它们还有一个共同的特点，就是大部分的祖辈都是从福建迁徙到温州平阳后，又二次迁徙来的移民。他们说着被当地人称之为"平阳话"的闽南语，还都喜欢靠山而居。

徽州村和雷坞村还是相邻的，只不过被一座叫作洞公岭的小山阻拦着，尽管相邻的两个村通婚不少，但走动起来还得翻山越岭，绕一大圈。

前两年，开元芳草地乡村酒店落户在岭脚，建筑的土地属于徽州村，但周围的山有些却又属于雷坞村。这家高档时尚的酒店建成后,大建筑、小木屋和配套的休闲设施成了人们旅游度假的香饽饽,徽州村也一夜成了大都市的后花园,络绎不绝的各地游客成了山里资源的快速搬运工。

为此,政府还专门开山劈岭沿着洞公岭浇筑了一条水泥路,直通雷坞村。这对于雷坞村来说,又多了个通往外面世界的窗口,环境资源得到了更为精妙的整合,村民们也渐渐开始借助自己的新楼,办起了农家乐。

其实这条路已经开通快一年了,只是我还一直蒙在鼓里。这次安排翻越洞公岭的采风活动,不仅能让孩子们见识和体验一下这些明珠一样镶嵌在山凹里的农家乐,还能让他们在我

新开通的可进入雷坞村的洞公岭路

儿时的"草莓岭"上找一回感觉，激发他们的写作灵感和欲望。

孩子们在芳草地上撒欢，在洞公岭上对着窗外的风景欢呼，在草莓岭上吟诗作画……相比儿时的我，他们多了一分新鲜，少了一分忧虑。

我参加工作之后，雷坞村通向外面的路仍只有一条，而且还是泥路。乡亲们顺着这条泥路用板车把山货运送到九里路外的小镇河埠，来回要大半天的时间。幸好这条泥路是顺着一条小石子铺就的古道修的，我们下雨天上学也不会搞得满腿淤泥。我读书读得越多，就离家越远，到高中时每天5点多就要出发去学校。平时从村子到小镇，要两个多小时，如果要去县城就起码也得半天的时间。

那时候，水口公社的所在地到县城还没有公路，不通汽车，唯一的交通工具是"航船"。"航船"我小时候坐过两次，都是正月里去县城走亲戚才能享受的交通工具，特别的奢侈。"航船"是靠4个壮劳力同心协力一直摇到县城，船舱里有两排位置可以坐16个乘客。我每次都是凌晨5点从雷坞村出发，路上还黑得很，需要打着手电一步一摇地走到镇上。我有时候走不动了,外公就让我骑到他的脖子上。船大约7点30分开,我们必须在7点前赶到。由于"航船"是人工动力,基本上是龟速前进,到达县城的时间大约是10点。"航船"一般下午1点回来,要在城里购买什么或办事非得抓紧时间不行。由于是逆水行舟,速度更慢。不过,后来用柴油机代替了动力,"航船"就要快很多了。

长水公路通车是20世纪80年代初,我已经工作了,但从小镇到雷坞村的路依然没有改变。不过,那时候条件稍好的家庭已经拥有了自行车,相比走路会有很高的效率。

记忆里,这条黄泥路和附在侧面不那么完整的石子路,起码走了四代人。这条路,即使骑自行车也很不安全,出来下坡多,速度难以把握;自行车在坑坑洼洼的路上颠簸,十分惊险,很容易从自行车上摔下来;进山是上坡,很费力气,有时候只能推车而行。我记得我父亲有一辆"长征"牌的自行车,笨重却很牢固。我曾在这辆自行车上摔过好几次跟斗,摔得鼻青眼肿,但自行车却安然无恙。在雷坞村有一句民谚,叫"时间都耗在脚上",因为交通不便,一天下来,再勤劳也做不了什么大事。

有了孩子之后,每次回雷坞村就变成一种折腾。我们先是坐车到镇上,然后包一辆5元左右的三轮车去山里。三轮车是柴油发动机,声响"啪啪啪"的,震动很大,后厢有一块篷布罩着。加上路途颠簸,孩子每次都会晕车呕吐。

现在的长水公路,早已动过了几次的手术,变成一条宽敞的旅行通道,每天都有一辆接着一辆的大巴穿梭于这条被称之为"茶文化风景区"的走廊上,而且这条路一直延伸到顾渚山及雷坞村。一路进去,两侧的新楼点缀在青山和竹林间,路旁也分季开着不同的鲜花,舒畅得很。

现在,只要周末无事,我就会开车到雷坞村转转。尽管我家的祖屋早已不在了,但我还是喜欢这条路带给我的舒畅和清净。从县城出发,半个小时就能到达雷坞村,这可是以前不能想象的。

其实,当年我把家里的祖屋以3000元给卖了,很大的原因是因为当年的路,而现在每次去,都有一种在雷坞村建一栋小楼的欲望,尽管我知道这已经是政策不允许的了。

二

每年的清明期间,很多外地文友都希望我能带他们去雷坞村看看。他们说,很想去这个村吃一次咸肉煮春笋,喝一杯唐代的贡品紫笋茶,更想去看看那些古代文人刻在白羊山上的摩崖石刻。

茶文化风景的核心区在顾渚,但雷坞村也是唐代的贡茶基地,白羊山上的摩崖石刻就是最好的见证。

白羊山高不过百米,但有"仙"则灵。一千多年前,因为陆羽的到来,并在此写下了《茶经》,白羊山和顾渚山便开始得宠,并享受着"贡茶基地"的待遇,还招引多位名士前来刻字吟诗。

从白羊山上留存的摩崖石刻,我们还可以得知,大唐州刺史臣袁高、湖州刺史于頔及杜牧,这三位地方官不仅管理着当年的造茶之事,还兴致勃勃地刻下了茶的诗篇,再现了当年的造茶场景,也给后人留下了对这座山的历史记忆。

遗憾的是,雷坞村的茶树一直未能成为村民致富的资源,反而成为一种累赘。我记得小

现在已有几条平坦的公路可以进入雷坞村

时候，生产队队长带着村民把大片的茶山给开垦了，用来种植番薯。那样的年代，谁还有喝茶的兴致呢。

在大米和麦子不够吃的年代里，番薯成为那时候最重要的粮食补充。番薯挖起来，刨丝晒干，可以卖给粮管所，也可以自己当成粮食吃。记得那时的生产队长陈金根是我的堂舅，嗓子洪亮，能穿越一座山。他垦山种薯的号召几乎是一呼百应，男男女女、老老少少全被集中到了山上，参与到这场轰轰烈烈的生产自救之中。我记得我也在周六、周日加入了垦荒的队伍。我家还在大兆山的山腰上分到了7分的地，好大的一块，直到高中毕业前我还每年要去这座山上劳动。

改革开放之后，茶叶又可以进入流通了，紫笋茶开始慢慢有了效益，只不过，陆羽评价的"紫者上、芽者上、崖者上"真正变成财富资源，还得靠后几年的茶文化的再度火热，特别是政府投入巨资重建大唐贡茶院之后，紫笋茶开始变成昂贵的珍品。接着，村民们又开始在番薯地里种上茶树，享受着这块1200年历史的招牌重放光芒的成果。

现在，水口乡成了全国闻名的旅游乡镇，各种资源和财富以大唐贡茶院为中心进行集聚。现在的雷坞村也开始像当初的顾渚一样，每个周末会迎来大批来自长三角的游客驻留，当年的农民也开始进行华丽的转身，当起了农家乐的老板和山货的交易经理。村民们的观念和思维也发生了深刻的变化，他们领略着习近平主席时任浙江省委书记时所说"青山绿水就是金山银山"的深刻含义，也诠释着这句话带来的真金白银。

雷坞村村民的工作和生活日常也发生了很大的改变，年轻人在城里工作、创业；而中老年人却守候着这方乐土，乐享耕耘和收获。一个小小的山村也开展了垃圾分类活动，他们比之前更加珍惜这块土地与拥有的环境资源。

白羊山依然是我小时候的那种姿态,那种安详与静怡,一如她脚下的雷坞村人一样,静静地在山谷深处守候,展现着淳朴与真诚,只等与懂她的人来一次偶遇、来一次端详和内心的品鉴。

三

房子是最能显示一个村庄和农家实力与状况的大型物件。每次去雷坞村,总是会冒出一些已经建好或正在建的乡村别墅,让我对雷坞村的改变刮目相看。

我家的老屋曾经在一个被村里人说是"风水很好"的地方,五间房带两"龙梢"。我们这里的土话"龙梢"就是小屋,是辅助房,一般在左右两侧,左边是厨房,而右边一般是猪圈和厕所。我家的老屋是泥墙,前面有一个开阔的菜地,后面是一片竹林。开始,这房子只有3间,后来我们3个孩子渐渐长大了,又扩建了两间。说是泥墙,其实是指外围,每间房之间还是用木板隔开的,所以还是无法抵御风寒和蚊虫的侵蚀。我记得我家的窗户是玻璃的,但很多村民房子的窗还是栅栏状的，到了冬天还得用旧报纸糊起来。

我妈妈是这个村子里唯一读过师范的人，三年困难时期，拿了一张提前毕业的文凭就回乡务农了，而我父亲又下放到了我妈妈的村子里，由公办教师转为民办教师。房子是我外公带着乡亲建造的。当时，在我们雷坞村，造房子都是由乡亲帮忙，不用花钱，但屋主要提供中、晚餐，菜自然也要比平时家里吃得要好些，份量还得够吃。一座房子大概半个月就完成了，但真正要造，得至少提前一年规划。木料需要审批，砖瓦需要提前预购，原本每家一般养两头猪的，也得多养一头才是，不然招待泥瓦匠、木匠和村里的义工就买不起菜肴了。

我没有能亲眼看到我家老屋的建造过程，但我目睹了蒋顺玉家的整个建造细节。蒋顺玉比我大一岁，他们家刚从外岗村搬来，由于孩子多，生活条件算是村里最差的了，经常吃了上顿就没有下顿。他的家跟我家隔着片竹林，贴着山脚。泥瓦匠把石脚做好之后，一群男劳力就要在上面捣泥墙了。捣泥墙需要个门板的夹子，然后把土灌在墙板内，用一根根的木棍捅结实。墙板一圈圈地移动、增高，四周的墙

陈志平建造乡村别墅时保留了一间旧房，用于堆放农具杂物。这间屋成了记忆中雷坞村第二代房的唯一见证

就做成了。接着就是架好柱和横梁，钉上椽子，椽子上面盖好瓦就成了。当然，做门等装饰性的工作，是由木匠来做。

这是我记忆中雷坞村的第二代房。之前，我外公家的老屋应该是典型的第一代，除了瓦，基本都是木结构，现在早已见不到了。改革开放初期，雷坞村出现了第三代的楼房。其实这楼房和

记忆中的雷坞村第三代房,也是该村的第一代楼房。尽管屋主的儿子已经搬进了乡村别墅,但屋主夫妇还舍不得拆掉这栋楼

城里的比,简易也单薄,20世纪90年代初陆续出现一大批。但这代房子的更新节奏更快,有些人家只用了五六年的时间,就升级成了乡村别墅,它已经不是一般意义上的楼房,装潢和周边的绿化更加考究。现在建房,都不用自己操心,只要把钱准备好就是了,从图纸设计到建造,都可以由建筑公司全包。我舅舅家造农村别墅的时候,我几乎每个晚上会开车去看一趟,想知道到底造的是什么样的楼房,不过谜底很快就揭开了,相当的现代。

去年年底,我还专程去看了蒋顺玉家新建好的乡村别墅,尽管不是最好的,但已经是全村规模最大的农村别墅了,院子里还放置了休闲式的桌子、木椅、吊篮。今年春节去的时候,蒋顺玉家的农家乐已经开张了,院前宽敞的停车场还停着两辆上海牌照的大巴。他说,现在的接待规模是80个床位。蒋顺玉是我童年的玩伴,我们两家靠得最近,童年一起玩的时候,谁又会想到几十年后会有这样美好的生活呢。和我家自留地接壤的陈克良家的鑫山农庄开了快5年了,去年的接待量是4000人次,尽管他家只有43个床位。

这次去雷坞村,刚进村就发现我堂表哥克云的新楼已经封顶了,三间老楼房已经拆除,只剩下一间的辅助房作临时安置。一边的新楼已呈现出雏形,也是特别高档的乡村别墅。新楼往里缩进了很

蒋顺玉的家也成了一家农家乐

现在雷坞村的乡村别墅已经很普遍，已有10多户用来经营农家乐

多，楼前留有的空间和庭院更大。看到我，克云突然向我喊了一嗓子："要不要免费给你装修一间，退休回来住啊！"

"真羡慕啊！"我发自内心地赞叹，笑得也特别的甜。这种甜来自城乡差别逐渐消失给这个村带来的幸福感，来自我对老家多年期盼的兑现。

雷坞村是一个移民村落，她最多也不过百年历史，对于一个村来说，她还是中年。在这样一个快速变革的时代里，雷坞村注定还会大变特变，再去，也一定还会有让我心动的变化，还会有值得珍藏的记忆。

60后

感受着生活的美好

张菱儿

作者简介：

张菱儿，中国作协会员，天天出版社编辑中心主任。著有小说、童话《乌头花开》《放屁大仙》《我不是笨小熊》《我有一条大尾巴》等70余部。作品曾被中国作协选为重点扶持作品，入选"新闻出版总署向全国青少年推荐百种优秀读物""农家书屋重点出版物推荐目录"等；作者曾被《儿童文学》杂志评选为"魅力诗人"、被《大灰狼画报》评为"金牌作者"、被《出版商务周报》评为"桂冠编辑"。

　　我出生在20世纪60年代末期，亲身经历和见证了改革开放40年来的巨大变化。而感受最深的，还是源于我自己的家庭、我自己的生活。此时此际回看走过来的道路，我想起我的祖父曾经写下的两句诗："斩披成世道，冷热濯人生。"遥想当年，改革开放、思想解放、平反冤假错案……一个个历史大事件如洪波汹涌，大潮澎湃，给我们的国家、时代和社会带来巨大冲击，更给我们的心灵世界带来美好的震撼。

一

我的祖父名叫公木,曾在延安鲁艺、中国作协文讲所和吉林大学等地教书。他被世人称作诗人、学者、教育家。谈起他时,人们总是谈他词作的《中国人民解放军军歌》《英雄赞歌》和他执笔整理的《东方红》等歌词,谈他在学术界、文学界的地位和影响,或者谈他在历次政治运动中的沧桑以及他对党"一片忠心如丹染"的忠诚。而我作为晚辈,在纪念改革开放40年这样一个难忘的时刻,只想聊一聊我们生活中的点点滴滴。

我没有在祖父身边生活过。我出生在冀中平原一个偏僻的农村里。当我呱呱坠地的时候,祖父正在遥远的长春因为摘帽右派、反动学术权威等缘故被批斗。父亲也因为家庭出身的关系,从陕西汉中的工作岗位上被迁回了冀中老家务农。在我的记忆里,父亲经常坐在灯下,半宿半宿地写申诉材料,大致是讲家里被定为富农是错误的,因为当年祖父和他的弟弟、妹妹们都离家参加了革命,有的去了延安,有的去了北平,有的转战武汉……而曾祖父母年岁大了,家里的田没力气耕种,便雇了一个人帮忙打理,每到农忙季节,还会再多找两个人帮忙耕种秋收，当然都是给工资的，不应该被定成富农。可是每每申辩资料寄出去，便石沉大海。父亲不死心，再写再寄。

因为父亲当农民属于半路出家，一没有经验，二没力气，种田不是好把式，加上祖父是右派，家庭成分是富农，因而在村里是比较受歧视的。大哥和村里一个女孩恋爱，可是女孩的哥哥嫌我家成分不好，死活不同意，大哥伤心至极；大姐到了工作的年龄，用人单位都找好了，面试也过了，去村委会开介绍信，村委会说："你家的情况你是清楚的，这个介绍信我们不能开。"二哥想去当兵，体检都通过了，可是村委会就是不放二哥走，二哥气得大哭一场。

我上小学的时候，年龄比我同级的孩子要小一两岁，受村里孩子欺负更是家常便饭。每天放学回家的路上，一群孩子会跟在我的后面，拍着手拉着长调高声喊着他们自己编的顺口溜，他们把我母亲的名字加进顺口溜里，这种恶意的玩笑让我小小的心灵很受伤。起初担心父母生气，不敢告诉家人，可是终于有一天我没忍住，哭着把这件事告诉了我的父亲。父亲帮我擦干眼泪后，把我带上我家的小阁楼，说是阁楼，其实不过是在房顶上搭建了一个几平方米大的储藏间。

父亲搬开一个又一个装满杂物的大纸箱子，最后打开底层的两个木柜子，我惊讶地看到，木柜子里满满的装的都是书。其中有一本书名叫《哈喽胡子》，作者署名就是"公木"。从此，在那段艰难的时间里，书便成了我的挚友。而我，好像进入了一个美丽的新世界。

二

1979年1月，中国共产党十一届三中全会以后，祖父被错划为右派分子的问题终于得到改正，并恢复了党籍，当然，也恢复了与老家的书信往来。家里的成分问题也没人再提了。

当时，大哥和大姐都在外面工作了，二哥和二姐留在农村务农，只有我还在读书。记得有一天，父亲原单位派人到老家，想请父亲回单位继续工作。父亲和祖父商量这件事，祖父说：你都半百的人了，如果回去，为革命工作不了几年也就该退休了，何况这些年业务都生疏了，回单位也是物是人非，不如留在农村……父亲便听从祖父的话，打消了回去的念头，领着村里人搞副业，做业务员，东奔西跑搞销售。此后，父亲和祖父通信的时候，时常向祖父汇报我的学习情况，祖父来信也总是鼓励我一番。升入中学后，由于学校老师们常提及祖父的名字，并向我打听一些祖父的情况，我逐渐从父亲那里了解到祖父那坎坷丰富的人生经历，自己也立下了要当诗人、作家的"雄心壮志"。祖父知道我的想法后，很快给我寄来一本他刚出版的诗集，在扉页上有祖父的照片，照片下写着"小领：爷爷看着

题字

你成长"几个毛笔大字。当时捧着书，望着微笑的爷爷，我端详了很久很久，心里默默地呼唤着：爷爷，你的孙女想念你，什么时候我们祖孙才能团聚呢？快回来吧，爷爷！

一天又一天，一年又一年，直到18岁，我才终于见到了78岁的祖父。看着他，我感到好亲切好亲切：老人家慈祥的双眸闪烁着兴奋的光彩，满头的白发凝聚着风霜。我仔细地注视着祖父额头上的皱纹，每一条似乎都在诉说着人生的坎坷与艰辛。祖父拉着我的手，激动地感叹道："想不到家中最小的孩子也长这么高了。"当时的我，真想一头扎进祖父的怀里，补偿儿时心怀已久的那份渴慕，然而我忍住了，毕竟我已过了小孩子的年龄，个子也与眼前的祖父差不多高了。当我把自己写满幼稚言辞的习作本捧给祖父看时，老人家十分高兴地说："哈，我后继有人啦！"

由于时间关系，祖父仅在老家待了三天，便要启程返回长春了。临走前，祖父执意给我一些钱："临走也不知你缺什么，这钱买点自己需要的书籍吧。"说完，又与家中送行的人们一一握手道别，然后一步三回头地登上了东去的列车。望着老人家不断挥动的手臂，我哭了。十八年，

18岁时我与祖父的合影

仅盼来了三天的相聚,心中那份依依的情愫,令我无法止住夺眶而出的泪滴。

此后,我常常寄几首小诗、几篇散文给祖父,祖父便逐字逐句地对我的习作进行分析修改,然后让我对比着读一读,自行决定用哪一个好。几乎在每封信的末尾,祖父都要叮嘱我一句:"要多读书,多读报,多关心一点天下大事。"并告诫我:"书,无不可读,无不需读,而马列则必读。如无主心骨,书读得愈多,则愈混乱,没有一根绳子,珠宝亦难穿串儿。"

1989年春节,我利用寒假第一次到长春看望祖父,祖父亲切地拉着我的手,嘘寒问暖,并不时地向我打听一些家乡的事情,他对家乡深厚的感情时时溢于言表并见诸行动。祖父一向把书视为生命,而他在晚年,却做出了一个决定,等他百年后,把自己的3万余册藏书和收藏的百余幅字画全部无偿捐赠给家乡图书馆。记得当时他怕我们做晚辈的有想法,来信说:"书,给了你们任何一个人,恐怕你们一辈子也难读完,放到图书馆里,可方便大家。"其实这些道理我们都懂,也能理解。

记得1990年祖父过80岁大寿时,来信叮嘱父亲一定要带我过去,可是,由于那年我高考失利,自觉无颜去面对祖父祖母和长春的亲人们,只托父亲带去了我的祝福和问候。当父亲回家时,带回祖父给我的复读费及一封长信。信中说:"爷爷奶奶很想看看你,跟你谈谈,可你没来。高考不理想,不要灰心,复读一年,明年还有希望……"少不经事的我,就这样错过了一次与祖父见面的机会。由于多种原因,最后,也没能听从祖父的建议去复读,而是选择了结婚。他在得知我结婚的消息后,很难过,本来话就不多的他,沉默了好几天。他一直对我寄予很大的希望,希望我能走上文学的道路。希望我能够"先立业,后成家"。可是,我辜负了老人家的期望。

1992年,我的一双孪生儿女出世了,祖父是那么高兴。高兴之余,又担心我的身体能不能很快康复,担心我的奶水够不够吃,担心我能不能胜任妈妈这一角色……他在信中说:"一个大孩子带领两个小孩子,使我一阖眼就能看到。"并托人捎来钱让我添补营养,还说,"学可辍,学习不可中断,学历可以不要,学力却要力争。"祖父那颗拳拳关切之心让我时刻感觉到温暖。在祖父的眼里,我就是那个永远也长不大的、事事需要呵护的孩子。

1993年夏天，祖父到石家庄参加国际诗经研讨会，结束后，再一次踏上了回乡的路。83岁的祖父没有让辛集市的人派车去接，而是从100里外的省城挤公共汽车回到了辛集。然后，和祖母一起沿着我所居住的街道，挨家挨巷地寻找我家的门牌号。当我听见敲门声，打开院门，看到烈日下站在门外的，似乎是从天而降的相扶相搀的白发苍苍的祖父和祖母时，我又惊又喜又辛酸。祖父凝视了我好久，才缓缓地说："菱儿瘦多了，如果不开口喊爷爷奶奶，我们都认不出你来了。"

　　我慌忙把祖父和祖母迎进屋，祖父和祖母见到我的两个一岁的宝宝时，他们抱抱这个，亲亲那个，随后，祖父从包里抽出两本《第三自然

1993年，在车站送祖父

界概说》并签上字，然后递给我，说："给两个小人儿留作纪念吧！等他们长大后，别忘了我这个太姥爷。"我打开扉页，给女儿写的是："露露，要找到自己，你的位置在明天以及明天的明天。"给儿子写的是："寒寒，等着你长大，未来属于你们。"睹物思人，如今再次捧起这两本书，就如同捧起了祖父对我们那份沉甸甸的爱。后来，祖父到底还是被市里接到了宾馆，虽然他一再强调："住家里挺好的。"

他不愿给任何人添麻烦，不仅在外，在家也是如此。每次当他感到身体不舒服时，只要能扛过去，他就不会对人讲，担心麻烦人，他只是自己一杯接一杯地喝水，仿佛水能带走一切病痛。

三

1998年10月31日下午4时，我正在外地参加业务培训，突然接到大姐的电话："今早奶奶来电话说，爷爷昨晚走了！"我一时没转过弯，随口问了一声："爷爷去哪儿了？"立刻，电话那头传来了大姐的哽咽声。顿时，我的大脑一片空白，有种不知身在何处的感觉。怎么会，怎么会呢？

"今年我的精神很好，带一个研究生在搞一个《诗经》课题！"这是半个月前，我和祖父通电话，祖父亲口对我说的话呀，时间仅仅过了二十来天，祖父的声音仍在我耳边萦绕，当时我怎么会料到，这竟是我们祖孙二人的最后一次通话！就在那天早上，我醒来看时间尚早，缩在宾馆的被窝里，突然想起，天气凉了，该给祖父写封信了可我的信还没有写好，收信的人却已不在了。

我和大姐陪同父亲从老家赶到长春，在长春市医大的太平间，见到了祖父。我抚摸着、亲吻着祖父那冰凉的面颊，他却再也不会用那充满慈爱的目光看我一眼，我握着祖父僵硬的手指，哭着、说着"爷爷，我们来看你老人家啦"，却再也不见祖父微笑颔首的容颜。他那双即将穿越一个世纪的敏锐而深邃的眼睛永远地闭合了。饱尝苦难历尽沧桑后的面容，如今是那么平静、那么安详。

听祖母说，10月30日下午3时，祖父昏倒后被送到医院抢救，他醒来后的第一句话是："我怎么躺在这里，我的（《诗经》）课题还没有做完。"是的，祖父的"任务"还没有完成。年初的时候，祖父不是跟我说过他还要出最后一本书吗？祖父的愿望还没有实现呀！在1999年吉林大学的工作安排上，还清晰地印着祖父的名字呀，可谁能料到，送到医院短短7个小时后，祖父竟这么匆匆地走了。

"桃李无言自蹊径，竹松有寿亦凋零。"祖父不愿把自己有限的生命交给病床，哪怕是一分一秒。89岁高龄的他已被尿毒症折磨了好多年，早就该住院做透析，家人也多次劝说他，可祖父总是以沉默拒绝。祖父除了思维依旧敏捷的大脑外，身体已如一部年久失修的机器，可祖父却说："只要活一天，就要思索一天，工作一天。"

书房的桌子上摊开的稿纸旁，祖父所需的厚厚的资料还堆放着；客厅的茶几上，祖父临终前所翻阅的书还原样摆放着；卧室的电视机前，祖父每天坐着看《新闻联播》的那只沙发还在静静地等待着它的主人……房间里处处都留有祖父的气息，却独独不见了祖父的身影。

祖父驾鹤西去，中宣部、教育部、文化部、

全国文联、解放军总政治部、吉林省人民政府等部门，全国知名人士及新、老作家，美国、加拿大、日本等国家的友好故旧，全国各地的学生弟子纷纷发唁电、致悼诗、送花圈等，人们以不同的方式，向这位老人表示深深的哀悼。

叶落归根，祖父去世后，河北省辛集市委、市政府辟地建墓，在辛集市烈士陵园深处一个僻静的地方，建立了一个公木墓园。墓园不大，却绿意盎然，里面种了橡树和玉兰树，一座重达13吨的几乎未经任何雕琢的黑色自然花岗石墓碑，耸立在墓园中央，寓意"化木为煤，永远燃烧"，墓碑的后面，是五棵挺直的松树。1999年在祖父去世一周年之际，骨灰运回故乡，安葬在辛集市烈士陵园深处静静的墓园里。碑上没有碑文，甚至没有刻上他的生卒年月，"在我们心中，他还活着，而且永远活着"。碑阳书："我国著名诗人、学者、教育家，《中国人民解放军军歌》词作者公木（张松如）之墓"。落款：辛集市人民政府一九九九年十月立。碑阴用金字镌刻着《中国人民解放军军歌》的歌词。

2000年底，辛集市委、市政府经研究决定，由辛集市文体局作为主办单位，公木纪念馆落成。馆里陈列着祖父捐赠给家乡图书馆的3万册

祖父百年诞辰之时，在吉林大学校园祖父塑像前

藏书、生前友好赠送他的书画及各界人士祝贺纪念馆落成的墨宝，以及他的部分手稿和桌、椅、沙发、书架等部分遗物。我从图书馆少儿室被调去管理纪念馆的一些事务。

在纪念馆里，整理着祖父捐赠给图书馆的那些书和他的手稿，书中的空白处，好多地方都留有祖父的批注；那些手稿有诗歌，有论文，有讲稿……从中我可以看到祖父那宽广、博大的精神世界，可以看到他一生时而激情澎湃、时而踽踽独行的心路历程，更可以看到他那磊落坦荡、高山仰止的人格魅力和百折不回、永远向前的人生追求。

祖父的精神一直鼓舞我前行

祖父的精神和他生前对我的耳提面命一直鼓舞着我前行，不敢有丝毫的懈怠和松弛。我一边工作，一边写作，2004年，中国广播电视出版社出版了我为祖父写出的第一本书《我的祖父，诗人公木的风雨年轮》；2006年，人民文学出版社出版了我写的少儿成长小说《乾隆小子歪歪传系列》4本。2007年3月，在"公木纪念馆"完成升级改造之后，我离开家乡，调到北京，在一家知名的少儿出版社工作。白天忙着审书稿，为他人作嫁衣，晚上坐在电脑前，进行儿童文学写作。10年间，陆陆续续出版了童话、少儿成长小说、绘本等70多部，每天就这样忙碌着、充实着，当然也快乐着……

改革开放40年，让我感受到生活的美好，时代的进步，感受到人的尊严和价值，感受到更多的春花般的笑脸和春风般的温情。作为一个亲历者和见证者，我随祖国前进的脚步前进着、成长着、奋斗着！最后，请允许我引用祖父的《东风

我的家庭很幸福，这一定会让祖父很安慰

歌》中的几句诗,来作为这篇短文的结尾:

啊……

带着温暖、带着色彩、带着光芒,

你奔腾,你呼唤,你激荡,

向东方,向西方,

向南方,向北方,

打开一起通向未来的闸门,

越过一切阻挡前进的堤防。

60后

作者简介：

耿立，原名石耿立，取笔名为"耿立"，寓意光明磊落，耿直独立。1965年出生，山东鄄城人。中国作家协会会员。散文作品多次入选国内权威的排行榜和各种权威的文学选本。

编年——我最初的文学履历

耿 立

戊午年【马】

1978年，我14岁，冬天的夜里，裹在被窝，蒙头偷听邓丽君的歌。

我常常在冬季，天将浦明，戴着棉帽，穿着肥臃的棉袄、棉裤上学，那些年的冬天，好像格外像冬天，冷得凛冽肃然，于教室的一角，是夏秋割来的青草，堆拥在那里，在太阳炙烤下，散发着一种清香。

一俟傍晚，开始有雪，彼时的乡间，大雪的节气一到，天地好像就有了凝重的气概，朴素的土房中油灯的晕光开始洇出一小片豆黄，从堵满谷草的窗棂罅缝中漏出，雪，纷纷扬扬地落着，麻雀开始在柏树、屋檐或是草堆中寻找晚息的处所。童年时就是这样，几个孩子在暮色渐愈浓重时，从教室里散出，像黑色的蝙蝠没进风雪之中，脚踏干爽而"喳、喳"作响的雪，只是兴奋，还没有受到古诗的启蒙，也便不会想到古人的诗句：

千山鸟飞绝，

万径人踪灭。

我在用墨水瓶改造的煤油灯下开始读书，当时读的是《雁翎湖畔》《红潮》《大刀记》。

我家在离鄄城县城35里地的一个村子，有伙房和宿舍，也有派出所，这里还有一处拖拉机站，有几辆洛阳产的东方红牌拖拉机和两辆破旧的解放牌汽车，而拖拉机、汽车所用的汽油和柴油却是在县城才有。可能因为动用机车到县城加油成本高，于是拖拉机站的汽油柴油就由我家用地排车从县城拉回。地排车上装四个铁桶，每个装了满满的油后一共是40斤。那时我在上小学，有时在夏季或者冬季就和姐姐到县城拉油,常是鸡叫的时候,姐姐拉着我和空的铁桶,再带上窝头和一瓷葫芦水到县城的油站,油站的人没有上班,我们就吃窝头等待装油。

在装油的时候,上小学五年级的我会一路跑着到位于县城北大街的新华书店买书,油站离书店5里地,我必须在一个小时内来回,于是到了书店匆匆买了书,就得马上折回,《雁翎湖畔》《红潮》《大刀记》都是那时买的。书是买回来了,却错过了吃窝头,于是姐姐架着车辕,我在边上套上绳子拉偏套,有时就低头吃窝头,在喘息的时候,就会拿出新买的书,这时所有的劳顿都会忘记。

现在在书房读书时,我还会不时回味起童年趁加油的空当到书店买书回来的那种兴奋。

己未年【羊】

1979年,我15岁,镇供销社的百货,除布匹、糕点、烟酒之外,开始摆放图书。

在一天下午,我在镇上供销社的玻璃柜台看

到一套四册的《约翰·克里斯朵夫》。我怯怯地让女售货员拿出来，翻开书页，第一眼，"江声浩荡，自屋后上升"破空而来，一下击穿了我，对一个长在乡间，听快板书和民间故事中成长的孩子来说，我知道外面还有一种有别于我们的组合习惯的文字表达方式，还有一种有别于我们生活的别样的人生。

那时农村僻陋偏远，是没有多少闲书可读的。父亲不识字，母亲不识字，哥哥有一本绣像本的《三国演义》，被我快要吃下了，那种精神的饥渴，在物质匮乏的年代更加让人窒息。

那天在课堂里老师讲的什么我一点都没听进去，晚上在家也只是草草吃点东西。母亲问我：是冻着了？

细心的母亲看出我的不对劲，我的倦怠，以为是春天忽冷忽热感冒了。接着母亲又问：和人怄气了？被谁欺负了？

我摇摇头，就躺下睡了，当时家境贫寒，我和父母还在一个床上睡觉，床的下面，拴着的是一群羊，而屋子的梁上则是宿窝的鸡。我想到"江声浩荡，自屋后上升"，但只是想象那大江的模样。

我知道父母的不易,父亲靠半夜起来在集市上扫街,半劳作半乞讨地和来赶集的人一次要上二分钱补贴家用,有时还要遭到斥骂和白眼。

五天一个集,每次下集,我就看见父亲在家里一分一分地点钱,然后交给母亲,那时哥哥刚结婚,姐姐也要出嫁,家里时不时就断盐。

一次母亲上集,被小偷偷去了五块钱,我看到母亲从集市上哭泣着回来了,当时我中午刚放学,同学说:你娘哭了,在街上走呢。我悄悄地跟着母亲,看她从集市上哭着走过,那泪从她的眼里流到嘴角,流到脖子里,流到衣襟上,母亲用手去擦,眼泪又流到了她的手上,我怯怯地抓住母亲的手,母亲的泪也流到了我的手背上。我也哭了,我们母子哭着从集市到供销社、到水煎包铺与鸡蛋市。人们不知道我们为什么哭,很多人窃窃私语"这娘俩,哭得像泪人似的"。后来,我想起"江声浩荡,自屋后上升"这样的句式可以形容我们贫寒的母子——"哭声浩荡,在母子脸颊上升"。

黎明,屋梁上的鸡开始鸣叫,母亲早早唤我

上学，问我身体好点没有。我没言语，在学校晨读的课堂上，我撕破喉咙喊：江声浩荡，自我家屋后上升——江声浩荡，自我家屋后上升——

放学吃完饭，在端碗的空隙，我给母亲说：老师要我交学费，两块钱！母亲没问，从衣裳的口袋里，在手巾包裹的里三层外三层的中间，找出一块五，然后又去邻居家借了五毛钱。我到供销社的玻璃柜台，买下了《约翰·克里斯朵夫》。

庚申年【猴】

1980年，我16岁，考高中不理想，开始复读。秋天的午后，阳光下，从家到学校，上学的路上，读一本乡间难得的《北京文学》，第一次看到汪曾祺的《受戒》，知道了懵懂的爱，在一个和尚的心里，就记着了荸荠庵的对联：大肚能容容天下难容之事；开口一笑笑世间可笑之人。

辛酉年【鸡】

1981年，我17岁，在鄄城三中读高中，当时三中的图书馆只是两间屋子,有几排书架,我第一次读到《世界文学》。第一次读到博尔赫斯的小说《玫瑰街角的汉子》和手抄的汪曾祺的《大淖记事》。

壬戌年【狗】

1982年,我18岁,因同桌的姨妈是图书管理员,我得以多借书,就借了一本《日本短篇小说选》,是中国青年出版社出版的。当时是冬天,我抄写了上面一篇三浦哲郎的小说《忍川》,这也是日本的电影演员栗原小卷的成名作,写的是年轻人纯洁的情感,上面写了"我"——一个卑微的来自乡间的大学生——与一个菜馆的同样卑微的招待志乃的故事。那种气味,那种故事,那种格调深深地吸引了我。我也是一个屈辱的存在,我坐在家中阴冷的屋子里,一连抄写了三个晚上,当最末的一天,天竟下起了雪,我有点喜极而泣,泪流满面,情感的共鸣何计东西、南海北海,何计肤色民族,绝对不可以"萧条异代"来说。

我来自农村,我知道底层的纯朴和哀痛,

最后看到书中的"我"带着志乃回到农村老家完婚，走向神圣的婚礼时的场面，是留存我记忆中最深刻的文学情景。当时我还未婚，没有女性朋友，只是在文学里转移自己的情感与注意力，寻找拯救的力量，但我记得小说里的话："我们虽然寒微，但是要坚强地、精神饱满地生活下去，这就是我们的信念。"也许是文学给了我信念，也许是文学给我以疗救，虽然当时我像所有农民的儿子一样，被灾苦多难的生活培养了一种孤傲、腼腆、羞涩而又时时感到委屈的心灵。那时学校里的女生稀少，而最怕的就是与女同学对话，我会结巴和嗫嚅，脸会红得如红布。但一个底层的农民的儿子，孤傲的背后也渴望一种自由的表达。那时我会想到《忍川》，想到雪夜里的"我"与志乃，那最后的描写，简直是黄金打制的，饱满光辉，有磁力。

这个细节，我曾在散文《风雪黄昏》里有过追忆，这是发表在2004年夏季《文艺报》上的一篇散文，寄寓了我对抄书的怀念。

癸亥年【猪】

1983年，我19岁，因作文在省里《山东青年》征文获奖，转学到县城鄄城一中读高三，寝室是三间的瓦房，睡了40个同学。冬天，我的床头是一个木制的尿桶，夜夜，尿溅起的水星迸到我的枕上；冬天奇冷，母亲为我缝制了一个麦秸干草的布袋作为褥子；到了春天，虱子跳蚤也温暖一冬，大量繁殖，同学没有时间逮虱子，就会用开水烫黑油油的褂子，这时的开水里漂着一层白花花的逝去的生命。

我与我爱的书

教室的晚上和白天是连在一起的,什么时候到教室都有同学,青春懵懂,开始看路遥的中篇小说《在困难的日子里》。当时的愿望是考上大学,不用再羡慕公社大院、拖拉机站、邮电所、供销社、卫生院等就着咸菜吃白馒头,可以把农业户口转为"非农业户口",改变自己的命运。

甲子年【鼠】

1984年,我20岁,档案年龄19岁,我考上了菏泽师专中文系。

1984年的秋天,我是从老家骑着一辆破自行车来到菏泽师专的,当时的班主任先是孙明贵老师,后是统斌先生。记得当时我曾兴冲冲地把《青年诗人》留用我诗歌的信拿给孙老师看,当时我是一夜激动无眠,只可惜不久《青年诗人》停办,我的处女诗作发表不了了之。

师专里写作课的主讲是贾祥伦先生,他的课像单口相声,生动幽默,他曾说,一个人要是觉得自己无作为,就要在家里,躲在门后,自己扇自己的耳光。他刚从陕西师大回来,写作体系

与学生分享我的创作之路

采用的是以精美的范文讲解，然后让学生悟道。在第一次作文后，我和同窗王士学来到贾老师的住处，就问这次作文的情况，贾老师说："这次作文有两个同学最突出，一个是王士学，一个是石耿立。"我说："我是石耿立，他是王士学！"，当时贾老师是单身，书橱里的书籍让我羡慕，贾老师的独具慧眼，也促使我以后走上了文学之路。我创作了《笛韵》，这篇文章在《黄河浪》的创刊号上发表，后来发在1986年《散文》第5期，与散文结缘就在此时开始。

在师专求学的日子，是我精神极度苦闷的日子，那时整夜整夜失眠，用棉花塞住耳朵，还是听到外面的声响，睡不着，就一夜常常地跑厕所，一到眼睛涩困，就要小便，是什么让我如此？高考的失利，也许是其一，另外的原因或许是那个叫敏的女孩。

敏的父亲是一名军人，从小我们就羡慕他们是吃国粮的，在我到县城读书的时候，敏的父母向我家提亲，我的一生卑贱和屈辱的父母从来没有被人正眼瞧过，有一个这样家境优渥的姑娘上门提亲，自然是求之不得，那时他们高兴得手足无措。随后就是高考，我到了师专，然后就有了敏拒绝我的消息。在一个晚上，她约我到了她家的一个小南屋里，这是我们唯一的一次单独的见面，只是短短的几分钟。当时是深秋，我穿着一件军大衣，她说父母不同意。我的自尊和我的敏感使我知道了，这是因为我高考的失利，她家是看不起一个未来将做教师的。也就在那个秋夜，我听完这句话，就告别了敏。我受伤了，我在心里说，我不会回到这个叫"什集"的镇子了，虽然她给了我躯体和生命，但她也给了我许多的伤痛。当时的想法就像一个俄罗斯诗人说的：我爱这土地，我恨这土地！

乙丑年【牛】

1985年，我21岁，档案年龄20岁。

整夜整夜地失眠，偏巧同寝室有个单县的同学，年龄大我们许多，多年的高考，使他也患上失眠，常常在半夜，我问"睡了吗"。

很长的时间，我徘徊，常是天到晚了，我就买张车票回家。很晚，我敲开家的门，母亲总是惊讶地看我。如果不是那时成立了《黄河浪》文学社，我想我的压力是缓解不了的，一辈子可能就废掉了。

丙寅年【虎】

1986年，我22岁，档案年龄21岁。

文学社成立后，就是写稿子，编印刊物。当时是油印的，若雷、士学和我在油印室里彻夜用手推那油印的轱辘，一下一页，一页一下，不知东方之既白。

应该说当时的师专对文学的思潮是滞后的，我们曾辗转抄写顾城与舒婷的诗。记得侯耀兵弄了一套老木编的《新诗潮诗集》，是北大未名丛书，洁白的封面，我对现代诗歌的启蒙应该是这本书。我还在菏泽新华书店发现了《文学家》的创刊号，上面是昌耀的组诗，那次我读到了他的《高车》：

从地平线渐次隆起者

是青海的高车。

从北斗星宫之侧悄然轧过者

是青海的高车。

而从岁月间摇撼着远去者

仍还是青海的高车呀。

高车的青海于我是威武的巨人。

青海的高车于我是巨人之轶诗。

这是一个巨人的诗行，我从昌耀这里知道了何谓诗，诗又是何谓。从昌耀，我开得了新面，后来昌耀先生去世，我曾著文哀悼《老昌耀》，

与学生漫谈考研

此文于《散文海外版》刊出，算是馨香一瓣，献于死者的灵前。

从此，我坚定走上了文学的路途。而现在一同奔赴文场的许多朋友人已背离了文场，但我却还愿像一个寂寞的文化守灵人，独自咀嚼着落寞的风景，我知道，所谓文哲之学已是自己生命或事业中的欲求，只要伏案于文字，自己仍享受里面涌动的温馨与宁定。

我记得，在一所20世纪50年代建筑风格的俄式教学楼一间叫115的房间里，我曾和友人通宵未眠，为窗外一颗秋星发出的那点予人怀想的光亮而感动，我们并枕而谈，感悟黑夜，倾听人生神秘的心跳。那时，我想到文哲之学之于我，就像这所俄式房中所存储的那种神秘的气息一样，令我铭感终生，追求终生。

60后

扶贫记忆

王琼华

作者简介：

王琼华，中国作家协会会员。湖南省郴州市文联党组书记、主席和作协主席。公开出版长篇小说和小说集23部，在《北京文学》《湖南文学》《小说选刊》等发表作品近1000篇，作品入选200余种选本。有作品被列为高考语文阅读文本。

共产党就是自己有一条被子，也要剪下半条给老百姓的人！

——习近平

贫困是一个符号吗？不是。它是一种刻骨铭心的感受。

我很小的时候，七八岁吧，妈妈坐在饭桌旁质问过我一句：吃红薯还剥掉皮？弦外之音便是：吃红薯还剥皮，下顿连红薯皮都吃不到。外婆跟我们坐到一块,平时,她最疼爱我。但这个时候,她一言不发地看着我。她赞成妈妈的质问。奶奶更是一个吃苦的人。有时候,她会去公社食堂捡些蒜根回来,洗干净,然后做菜。在公社大院长大的我,从小看到了很多贫困家庭的生活场景。面对妈妈的责怪,我乖乖地捡起饭桌上的红薯皮塞进了自己嘴巴里。到了今天,我吃红薯也不会剥皮。

20世纪80年代中期,我参加工作好几年了,在汝城县烟草专卖局担任办公室主任。初春的一个下午,局长把我找去办公室征求意见,问我愿不愿意下乡搞扶贫。国家已经发出了第一轮扶贫号召。县里单位都看得很重,几乎都有意选派一些有责任心的年轻干部下乡参加扶贫工作。凡事都希望有一个好的开始,我乐意地接受了任务。我心里也产生了点好奇,当时的村民们会穷成什么样子呢?

要去的扶贫村叫沙洲村。

它离县城只有50多公里的路程。如果走高速,大概二十分钟就到了。不过,那个时候没有"高速"这个概念,几乎连"马路"也与众多村子没关系。我和另一个队员坐上了早晨头一趟班车，耗时两个多小时，到达一个小车站，然后换乘拖拉机前往目的地——沙洲村。这里层峦叠嶂，沟壑纵横，远远看去还有很多梯田，玉米种到山顶上，这便是山区生产的一个写照。一条简易的机耕道蜿蜒曲折向前方伸去。拖拉机终于停在沙洲村口。我是第一次来到沙洲村，之前几乎没听过这个村名。我从拖拉机上跳了下来，顾不上卸下行李，便观察起村子的模样。沙洲村地处后龙山麓，滁水河畔。村里有些青砖房，老辈留下的。旁边有更多的泥砖屋。大多村民住在泥砖屋里。县里扶贫办有规定，工作队员只能住到贫困户家里。我谢绝了村支书的好意，没住进他们安排的青砖房农户家里。很快我发现，青砖房里的主人并没因为住在青砖房里，室内的摆设就会富阔一点。我借住的泥砖屋人家更寒酸。屋里唯一一张桌子也是三条好腿，一条残腿——一条腿断了，便被主人用一根木棍撑起。除了几张小竹椅子，一个黑乎乎的柜子和两张床外，几乎没有更多的家具。我在村里干部的帮助下，把行李搬进了这户人家。我的行李很简单，一床被子，小包里塞了几件衣服，还有一个塑料桶。桶里装着洗漱用品，几本书。记得有一本《沉重的翅膀》，张洁写的。主人家的孩子见有生人来了，很胆怯。不过，他看到我提进来的红色塑料桶，立刻来了兴趣，一双大大的眼睛盯住桶看。在他眼前，这个桶该是成了什么奢侈品吧。男主人姓徐，不高不矮，不胖不瘦，一头有点乱的白发。

我问他："这是你孙子吧。"

"我的崽。"他答。

——在湘南称呼中，崽就是儿子。

我有点尴尬。但几乎怪不得我"眼拙"。看上去，徐主人有六十好几了。他告诉我，今年刚四十挂零。我心猛地一惊。贫困岁月太有摧残性了，能让一个人过早衰老。他一张脸就是艰辛日子的写照与表述。

第二天很早，我被公鸡的打鸣声吵醒了。洗脸时，我发现徐家老少共用一条毛巾洗脸。家里没牙膏，也没牙刷。看到我刷牙满嘴泡沫，主人家的孩子朝我瞪起了双眼。他使劲耸了又耸鼻子，几乎要把我嘴里刷出来的中华牙膏气味全吸进他的心肺里。他欢快叫个不停："真香哇！真香！"我第一次听到他发出声音。头一晚，我问他叫什么名字，他转身就跑走了。第二个星期，或许第三个星期，我刚好回县城开会，特意上百

扶贫中和村民们交流

货大楼挑了四条毛巾、四支牙刷和一支大牙膏。回到沙洲时，我把它们送给徐家，这算是我下乡扶贫做的第一件实事，印象特深。主人拿到毛巾这些东西后，一户一户去串门，跟人家说这是谁送的。好像他突然中了一次大奖，太让他开心了。过了两三天，村里支书跑来告诉我，好些村民想让我搬到他们家里去住。目的是什么，我心知肚明。即便我知道"脱贫不是从刷牙开始"这个道理，但我回到单位还是众筹了一批日常生活用品带到村里。一年时间中，我成了村里最有人缘的"大明星"。有时，我走在村里小巷子，一不小心就会被孩子塞上一个红薯。夏天，大婶大嫂会送几根黄瓜给我吃。那时的黄瓜真香！

农户最缺什么？缺钱！还缺什么？缺钱！除了缺钱，还缺什么？不缺什么，就缺钱！这话是支书跟我说的。用眼前口语来描述支书，他是一个太有才的人物。他能说段子。开会前，他都会先说上几段。好像会场上一旦死气沉沉，就会让他没办法把要说的话说完似的。他这个玩法叫"暖场"。我想验证一下支书是否说了实话。在村民大会上，我特意问村民们："你们需要什么？""钱！"村民几乎异口同声喊道。我甚至可以怀疑，有才的支书是不是跟我玩了一手，早早跟他们培训好了？他的眼睛总是眯成一条缝。据说长这种眼的人肚子里有特别多的小九九。当然，我也知道这种怀疑不可能成立。现在电视上经常有领导去揭村民锅盖的镜头。当时，我却不敢这么去做。因为我揭过一回。我揭开锅盖时，旁边的主人几乎羞愧地低下了头。锅里就是几个红薯。所以，我再也不敢随便揭他们的锅盖。听到村民们一致说缺钱时，我觉得自己的责任就是帮他们多争取一点钱。事实上，我的美好愿望并没有完全实现。那时候，县里财政也没几个钱。下乡前，领导反复交代过，别随便跟老百姓说给钱的事。我很无奈，只能好好守住"规矩"。

我仍是尽可能多弄点钱给他们。

五月份，我刚好收到一笔稿费。记得是十五块钱吧。我从邮局取出来，给了一户人家的女主人。她的孩子得了病，正愁没钱抓药。回到家里，我跟女友谎称这钱取出来后，不小心弄丢了。返回沙洲村时，女友塞给我三十块钱。她其实已经识破了我的"谎言"，也深知我很需要钱去帮助农户。那天晚上，我在工作手册上画了一幅漫画：撒财童子在撒钱。我特意把撒财童子的钱袋画得满满的。我大脑里浮现着村民羞愧望着我揭锅盖的画面，让我也羞愧了。记得是秋天吧，单位几个同事下乡来慰问我们。他们凑钱在圩里买了几斤猪肉，结果被孩子们围观。我便让徐家主人把它切成一小块一小块的，分给了孩子们。他们捧着肉，欢天喜地地奔回家去。那一刻，他们又跟过年似的。望着他们的背影，我突然想到："世界上没有贫困该多好呀！"这当然不是我一个人在幻想。要不然国家怎么会有了第一轮扶贫？但有一个女孩哭了。因为她没分到肉。我只得把刷牙用的一个搪瓷杯送给她。不过，她拒绝。她说："我要肉！"

参加第一次扶贫，我就是一个感受：哪怕多帮一分钱，也是多一分心理安慰。结束扶贫时，我在回城的那天早上，特意用粉笔把一句话写在村子小教室的黑板上："面包会有的！"我想让孩子们记住这句话。我借住的徐家孩子就在这个班上，还有那个没分到肉就哭的女孩也在这班上。他们一定看到了我的留言。我把红色塑料桶留给徐家。徐家主人有点不好意思。我说："你的崽说了，用桶去装泥鳅。"这孩子很会从稻田里捉泥鳅。

第二次参加扶贫，时间是1998年。我调到郴州市委办公室工作也有三年时间了。这一年，我与一位姓李的同事带领十个市直单位抽人组成的十支扶贫工作队前往汝城县，分别驻扎在延寿、小垣、仁洞、南洞、文明、岭秀、井坡等乡镇的村子里。我在这些村子走了一圈，有了第一个印象：村民几乎都没以前那么穷了，好些人家盖起了新房子。在走马村，我看到一个村民嫁女，摆了十几桌酒席，每张桌上放着红双喜香烟和白酒。以前，乡下嫁女摆酒宴时，不会摆香烟，酒也是自家酿的米酒，喝不醉，喝多了却会把人的肚子撑破。有一个队员跟我嘀咕：他们缺什么？我同样琢磨着这个问题。毕竟，下来扶一趟贫，还得扶到要紧处。我们搞了一次问卷调查。统计结果一出来，我们惊讶了。绝大多数农户没有提到要拿钱的意愿。他们几乎提到同一个要求：修路！没错，贫困村大多地处交通不便、

和同事们下乡扶贫

出行困难的山区。有一个扶贫村，百分之七八十的村民几乎一年到头不会上县城一趟。我想，谁都愿意走在一条像样的路上。一位姓范的村民却说："走路倒不在乎路好坏。没路的山我不是也能爬上去？可家里种养出来的东西，还有砍下来的竹木，靠我肩膀是背不出去的。它们变不了钱。"言下之意，能赚的钱也没赚到，村民们觉得有点亏。很快，乡下墙上刷满了一句话："要想富，先修路！"这是一句口号，更是村民们的一种觉醒！很快，我们工作队把修路确定为当年扶贫的"一号工程"。不过，"一号工程"又有了一个同义词："化缘工程"。给一个村修一条短则七八公里、长则三几十公里的路，开销应是不少。而且，工作队负责十来个村，几乎都要修路。工作队不是印钞机，也没开银行。即便有一支工作队来自银行部门，但银行的钱也不是他们想花就能花的。上面安排的资金一是不多，二是有点撒胡椒面一样，三是明确了钱是用在什么地方。这叫规定动作吧。一旦要自主做几件实事，手上的钱便是捉襟见肘了。但修路已经成了一件大事。看到村民一双双渴望脱贫、渴望致富的眼睛时，我们仍是毫不犹豫跟村民拍了胸脯：好，帮你们修路！在村民的期待中，我们开始了一场特殊的"人肉搜索"，看哪个部门有钱，看哪个领导说话算数，看哪个老板有爱心，看哪个项目能争取过来，看哪个水泥厂、河沙场愿意捐助物资。紧接着，我们开始了一场"求爹爹告奶奶"的奔波。有时候，找一个部门会去上五六趟；有时候，一个报告要写上七八遍；有时候，一笔小钱要盖好些章子。很多时候，跑上一天，腿都快断了，才发现自己一天没吃饭。但庆幸的是，在这场"化缘"中感动天地般地发生了很多"奇迹"，我们多少有点喜出望外。印象最深的是有一次，我和老李把一位部门领导堵到了他的家里。他在自家客厅听完我们的汇报，就在要钱的报告上签字了。我俩顺便还在他家吃了一顿免费早餐。他的夫人特意在我们吃的米粉上多加一个蛋。出门时，他跟我们严肃地说道："钱我给了你。一分不少！但到时候，我要到现场去看路到底修得怎么样。"他怕我们拿钱去"打水漂"了。他说话果真算数。到了年底，他进山来了，看到村里刚修好的路，他惊讶地说："我们给的钱，能修这么长的路，还修得有模有样？"没错，我们筹集给到每个村的钱并不多，几乎都只够买些水泥、河沙一类的材料。村支书们却跟我们说，人工由村里自己解决。第二天，村里便倾巢出动了，男女老少齐上工地。有老人说，当年农业学大寨时才出现过这种场景。不过，那时候还得记工分。好些在广东打工的青壮劳力纷纷回村了。他们早出晚归，连续几十天不歇一天。有一个村民掉下深坑，把腿摔伤了，也没找我们要什么医疗费，自己找了一点草药敷着伤口，又上工地了。在工地上我曾经试挑了两筐土。我能挑起的重量，还比不上村里一个姑娘的力气。不过，看到我挑土时，他们都伸出了大拇指。我的一个行动，便换来一片感动。我感动了他们，他们也感动了我。在山里修路，那种艰苦卓绝的场面是很震撼人心的。为了生存，或者富有，一个普通人会有很大的爆发力！我突然觉得"低三下四"去"化缘"真是值得。因为我的"低三下四"换来了村民们的扬眉吐气、昂首挺胸。通车那天，村民们用松柏和竹子扎了一个大拱门，女人们在拱门上插满了她们从山坡上采来的花。那些花我至今也叫不出名字，但真是好看。不仅五颜六色，而且香味纯粹。村里一位小学老师则在大拱门贴了一副对联："脱贫感谢工作队，致富不忘修路人。"他拍拍手，谦虚地说："字写得不好，献丑了。"我跟他说："没献丑！我们都争了一个面子。"圆满完成"一号工程"，让我心里一块石头终于落地了。村民们特意让我们扶贫队员坐上第一台彩车——一台小四轮，被他们装扮得花枝招展，这真是大姑娘坐花轿——头一回。可惜，当时那种欢声笑语、热闹非凡的场景没把它录下来，连一张照片也没有留存。不过，如今回想一下，也是甜甜蜜蜜的，那种无上荣耀似乎仍在眼前。

也许，很多人都到过东江湖旅游。它位于资兴市境内，已是国家5A景区。东江湖总面积160平方公里，平均水深有51米，最深处达到157米，蓄水量达到81亿立方米，相当于半个洞庭湖，因此被誉为"湘南洞庭"。这里景点繁多，小东江尤为著名。旭日东升或夕阳西下时，整个小东江河面就会云蒸霞蔚、朦胧缥缈，如同仙境。这种无比神奇、非常壮观的景观，让它很快拥有了一个举世皆知的美丽昵称——"雾漫小东江"。在小东江,已经诞生了好几幅登上摄影国展的照片。一年四季,游客们纷至沓来,以求赏心悦目之感。这里的主人因为有了这湖水,正渐渐摆脱贫困。2004年,我在资兴担任宣传部部长时,联系点就在雾漫小东江景区内的东江镇。友人们戏说我每次下乡就是享受一趟免费旅游。没错,我一边走家串户,一边游山览水。但那时,我遇到一件头痛的事。政府做出了决定,景区内的村民一律不得经营饭店,阻止污水排入湖区。那时候有如此强烈的环保意识,真是一件万分庆幸之事。但当时很多村民真的想不通,他们本来就是靠开农家菜馆开始挣钱的。禁止开饭馆,差不多就是砸了他们好容易才捧上的金饭碗。他们说道:辛辛苦苦几十年,一夜回到"解放前"。我只得千方百计消除他们这类恐惧感。不仅跟村民们讲些道理,讲透政策,还跟他们一块找赚钱办法和路子。不让他们绝望,就要给他们新的希望。道理这么说,听上去很简单,但真要让人接受,又有一个艰苦的过程。在小东江边的一家土菜馆里,我连待了好几天,有两个晚上是躺到一张竹椅上过夜的。我几乎乐此不疲,苦口婆心地跟主人做思想工作。这家主人说:"你在我这住多少日子,我都没意见,我包你吃包你喝,还包你住,只要你不让我关门就行。"他可不口是心非,真的为我收拾好了一张床,被子也是他上镇里刚买的。起初,我真担心他们会"顽强"地"抵抗"下去。但我没料到,接受新政策的村民越来越多。或许与他们都是这些年扶贫的见证者、参与者和受益者的身份有直接关系吧,还有什么道理比一个人的亲身感受更有说服力呢?哪怕他们嘴巴上爆出不乐观的调侃与担心,但他们相信日子会一天比一天更美好。整个工作还没完成,我又调离了资兴。但我一直关注着小东江周围的变化。后来的事实证明,他们凭着自己早已开窍的脑子,创造出了许多新的奇迹。比如,凡是去雾漫小东江拍过照片的人都会有印象:每

乐此不疲地做村民的思想工作

天早上，或者黄昏，湖面上都会划来一艘乌篷小船，船上有一个老者，还有一条蹲在船头的黄毛家狗。用镜头把狗拉近一点，即可看到黄毛家狗那双眼炯炯有神，望向湖边，几乎一动不动，仿佛就是一只潜伏有生命的雕塑。其实，它与它的主人，都是特殊演员。主人与狗在这个时候现身，就是要给湖岸上想拍雾起湖面的摄影家们制造一个生动场景与画面。老者早已把撒网当成了能变钱的摆拍。他的摆拍不仅上了摄影国展，还走向了世界。他因此也赚了不少钱。毕竟每天有数以千计的镜头对准这位老者。后来遇到有些摄影家提及这件事时，我自豪地说："在我手上就有了。当时也是这男子！"当然，更多的人种茶

经常下村做扶贫调研

叶、种水果，女孩当上了导游，大婶大嫂摆摊卖土特产。又过了十几年，这地方已经成为"既要青山绿水，又有金山银山"的成功典范。那一年，我陪着著名歌唱家张也在这里拍摄《东江湖上摆歌台》MTV时，就预感到这一方山水一定会唱出更动听的歌。

那首歌是这么唱的：

东江湖上摆歌台，

歌儿越唱越精彩，

唱得湖乡变天堂，

唱得明天幸福来……

去年五月，我在安仁县安平镇有三户扶贫对象。掐掐指头算了算，该是我帮扶的第八批家庭了。他们户主分别叫谭小仁、段胜群和刘群。他们知道自己被列为帮扶对象，一年多来，却几乎没打扰过我。以前的扶贫户，几乎都会找上门跟我说这困难，道那困难，目的就是要解决一些资金问题。当然，这种行为完全可以理解。但现在每次，都是我上门去看看他们。更多的是跟他们打打电话。他们都在广东、郴州打工，一年回家很少。通话时，我们聊聊生活与家庭，聊聊扶贫措施的落实，聊聊他们的困难和要求。我感受

到扶贫对象家慰问

到了,他们最坚定的信念就是想靠自己的双手、自己的脑子去脱贫、去致富。他们不再等、靠、要了。不过,我好几次跟自己的同事说:"不能因为他们觉醒了,我们就减轻帮扶的责任。"我想,这个时候出手帮上他们一把,会让他们感到温暖,倍增信心,脱贫致富的速度会更快些。一旦他们家里有什么农产品或鸡鸭需要出售时,我都会帮他们找市场。同时,我会把一些市场信息及时告诉他们。春节前,我与同事到谭小仁家里慰问。他最高兴的一件事就是收到我带去的一副市书法协会主席写的春联。他拿着春联高兴地念道:"事业辉煌年年好,财源广进步步高。"一个国家有梦,一个人也会有梦。看到他露出的笑脸，我知道这副春联道出了他的心声。他的梦想或许比春联上道出的远景还要灿烂！

春节后，我又来到汝城县的沙洲村。它是我第一次参加扶贫的地方。我这次来到沙洲村，不是参加扶贫。我特意带领市文联党员来这里接受一场党性教育。在这里，当年我住过的泥砖房早已找不到了。不过，虽然祠堂、民居、古桥、古井、古庙、古巷都保存了下来，但更多的是新盖起的房子。它们保持江南民居的韵味，青瓦、灰墙、屋角突出的马头墙异彩纷呈，檐饰彩绘、砖雕、雕花格窗交相辉映。村口有了一条宽阔的柏油马路，与高速路通道对接。如今，从县城到沙洲村已经不用半个小时了。沙洲村早已不是一个远近闻名的贫困村，而摇身一变成了蜚声县内外的一个新农村建设示范村。它戴上了许多光彩夺目的名冠，比如湖南省传统村落、湖南省历史文化名村、湖南省生态村、湖南省卫生村。它也被列为"湖南省最美少数民族特色镇"候选村。如今它能蜚声内外，名号如雷贯耳，与习近平总书记在纪念红军长征胜利80周年大会上发表的重要讲话有很大关系。习近平总书记在这次大会上动情地讲述了一个红色故事。他称："在湖南汝城县沙洲村，3名女红军借宿在徐解秀老人家中，临走时，把自己仅有的一床被子剪下一半给老人留下了。老人说，什么是共产党？共产党就是自己有一条被子，也要剪下半条给老百姓的人。"1934年"半床被子"的故事，就是发生在我眼前这个沙洲村。它被誉为"红军房东村"，成为全国一个著名的红色旅游点。

我发现，村口一侧的小摊上有我非常眼熟的红薯干。一袋袋的，整整齐齐摆着。这个时候的红薯干早已不是米饭的替代品。它成了一种地方土特产，价格不菲。有游客建议，可以搞一个"女红军吃过的红薯干"的创意产品。也许，它会让红薯干身价倍增。村民却拒绝这样做，说："当年红军不拿我们的一根稻草，一块门板，哪还会吃我们的红薯？"这话说得多么朴实呀！

我走进当年被几位女红军借居过夜的徐解秀的房间时，心潮澎湃，感慨万千。改革开放40年，就是中国社会变迁和经济发展的40年，也是扶贫攻坚的40年，更是农民群众对贫困与财富重新认识的一个过程。如果要举一个实例来证明，就是当年用来果腹充饥的红薯，今天它成了土特产。而且，红薯皮也被剥掉了。如果我们依然保持"半床被子"故事中的精神，新的一场脱贫攻坚战就一定能打赢。这时,我耳边响起习主席说过的一句话:"我最牵挂的还是困难群众!"我们应该理解主席的话:扶贫还在路上。坚守在扶贫攻坚主战场的党员干部别歇脚,别打盹!我决定了,下周再去安仁看看我的贫困联系户。

60后

床前明月光

林超然

作者简介：

林超然，出生于1969年。黑龙江大学文学院教授，燕山大学兼职教授。《文艺评论》杂志特聘主编。中国作家协会会员。中国文艺评论家协会理事。黑龙江省文艺评论家协会副主席兼秘书长。鲁迅文学院"首届中青年评论家"、中国文联第五届"全国文艺人才"、"2017年中国文联赴英艺术创意人才"高研班成员。全国第十次"文代会"代表。曾在《人民日报》《文艺理论研究》等报刊发表文艺评论170余篇，出版理论著作《汪曾祺论》等6部。另在《人民文学》等报刊发表文学作品500余篇，出版散文集《学习奔跑》《不该对生活发脾气》，曾获"黑龙江省文艺奖"一等奖等奖项。

月亮只有一个，可在我们的心上，此时与彼时，竟是那样的不同。40年前，母亲说月亮像一块补丁；40年后，母亲说，月亮更像是一个金盘子。

一

父亲在40岁时才确定生日。那时乡村人家柜子里都要有户口簿。户口簿能让许多原本被遗忘的东西一下子重新清晰起来，比如出生年月，甚至姓名的写法，这可是和二十四节气毫不相干的。

二叔和四叔已争得面红耳赤，他们都在"月"前面的空白处填了"六"，又在"日"的前面填了"十八"，并说这是奶奶亲口告诉自己的。这时父亲正一脚门里一脚门外："我才是六月十八生的呢！"

这官司只得告到奶奶那儿。奶奶搔搔头："阿文是这个日子生的，另外几个我忘了。"奶奶总共生了五男二女，父亲是长子。她终日与庄稼周旋，孩子生日的事连农务的缝隙都挤不进去，难怪她会不记得。

不久奶奶去世了，这事便成了一桩悬案。爷爷少言寡语，春种夏耕秋收冬藏之外，就再想不到别的。大家压根儿就没想过要问问爷爷。

待小叔成家时，爷爷已六十多岁了，只得放手农活儿，后来连地边也不能遛了。那日不知是什么扯起了关于生日的话头儿，爷爷很肯定地对我说："你爸是六月二十四日出生的，那天我用独角公牛换了齐老兴的玉石眼儿马。"

这一天看来就很确切了。

这一年父亲正值不惑。

以后父亲接过爷爷的锄头，开始为我们姐弟四个劳碌。日日铲出一个太阳，再种进一个太阳。

父亲常把自己对于社会和人生的体验、感悟借助一种极为朴素的形式指给我们。就在我们六口之家辗转于贫困线上的时候，父亲时不时送给我们一只火蝈蝈、一只花尾鸟或一只漂亮的用一种虫子做的口哨。此时想来，顶着烈日在路边的蒿草里搜寻蝈蝈，在密匝匝的柳条丛里追赶鸟儿，爬上高高的杨树，逼近那虫子的家……这对于总在农事中奔波操劳的父亲来说，是怎样的难能可贵与用心良苦，自然界的美妙与生活的曙光，全在父亲浓眉的闪动之间了。

当年，父亲很少用伞，本地的人用伞的也不多。

"今天攒明天攒，攒来攒去买把伞，一阵大风撸了杆。"其中少有对不幸者的同情，更多的还是对太娇气、日子紧巴，又胡乱花钱的人幸灾乐祸的嘲讽。父亲常常提起这句民谣，为的是教育我们。

很多年,我对伞的印象也一直不佳。我始终以为伞无大用,只在路途短且无风的时候才可一用,否则举着吃力,又仍要遭受淋漓之苦——上半身如在晴日,下半身弄个透湿,同是一个人的身体,待遇却迥然不同,实在有失公平。

我有一个偏见:一个有顽强生命力的人不必带伞。每次雨中归来,我总是连衣服也不换,自己的身体就是天然的火炉子,一会儿就可以烘干,换它何用?

读初中二年级时,班上最没有男子汉气概的就是洪琛,这是大家公认的。依据是:第一,洪琛是全校上千同学中唯一戴近视眼镜的人,这眼镜使原本就瘦削的他更显得弱不禁风;第二,我们常到几十里外的一个镇上参加统考,别人(包括女生在内)都是一个人去,但是洪琛,总少不了奶奶陪着;第三,洪琛在雨天总带一柄三折的花伞,仿佛从远处就可以嗅到一股浓重的脂粉气。

在那个连女生也热衷高唱"男孩子下雨从来不打伞"的时代,班上的女生常趁洪琛不备,夺了他的眼镜或花伞跑到操场上,把这战利品炫耀给全校看，这时我们的心中总是怀着一种轻蔑、一种豪迈。

二

我的左腕上有两道疤，已然陪了我四十多年。每逢有人问起怎么弄的，我总是玩笑一句："地主老财的柴刀砍的。"这当然是吹嘘，我只有四十几岁，地主老财？我只在小人书里、电影里见过。

每到落雪，大桩大件的农活就告煞尾。但庄稼院里无闲时，所以猫冬时节，也有零散的活计酷似淅淅沥沥的小溪，看断没断，大人们仍然很忙碌。那年我满了一岁，一头拴在窗框、一头拴在腕子上的行李带儿已然解除，我一下子自由了许多。

老家人那些年越冬是靠泥火盆的。黄泥、马粪、麻秧子制胎，用火烘烤即成。家家炕上养只猫，户户炕上摆只泥火盆。盆里烧的是长秸秆或炭火。谁从寒风雪地里走回来，都到泥火盆边站一站、烤烤火。看见大家都围着泥火盆转，我大概也觉得好奇。可大人们从不让我靠近。

终于寻到了机会。一家人到外面去扬场，只留下炕上的我。许是盼望太久的缘故，我是扑向泥火盆的。接着我就知道了，这东西根本不好玩。我那时一定哭破了嗓子，这两道鲜明的伤痕就是明证。

听姑姑讲，当时母亲抱着我的胳膊哭，几日没吃饭，几日没睡觉。直到现在，母亲见到我的伤疤，还在说"我怎么这样不小心呢"。类似的事后来还有，诸如在窗台上睡觉摔下来，少了一颗门牙；给小马驹儿踢肿了左脸……母亲是一次次地自责、一次次地叹息。

事隔多年，手腕上的疤全不影响吃和睡，只是那次报名参加空军，体检时给挡了回来。

前些日子，碰到一位文友。我们年龄相仿，更让人惊讶的是我们的经历也相仿，在这上头我竟寻到了知己，所不同的是他伤的是脚、是右脸（牛顶的）。我们差不多同时想到，其中的根由并不是家人的粗心和懈怠。

其实往四周瞧瞧，就什么都明白了。日子好过了，疲于奔命的情形也少了。当初父辈们只有拼死拼活，才能维持生存，谁还能顾得上在炕上爬的小娃娃呢？

邻家的小娜，婚后生一子，学步车、儿童车，都及时购置停当。爷爷、奶奶、姥姥、姥爷转的不再是泥火盆，而是那小乖乖。在那小孩子幼小，乃至以后成熟的心灵里，也不会有关于泥火盆的记忆，腕上也不会再有我这样的疤痕。

一日姐姐说，老爷子老太太怕你丢了找不到，就在你的左腕上留个记号。母亲听了就开始沉默。我就笑她总爱在一个地方转圈圈儿。我有一副强健的骨骼，我有沐浴人间阳光的机会，这就比什么都好。

小时候，姐要哄上半天，我们哥仨才肯把又臭又破的袜子脱下来，她拿去洗净、晾干后，再细针密线地补好，穿上毫不硌脚；姐喜欢唱歌，代表作是《沂蒙颂》，一唱到"我为亲人熬鸡汤"，我就流口水；姐心灵手巧，她从外面捡些细树枝，又把自己攒的红、白、黄色蜡头儿分别熔化，几根手指一捏，树枝上就多了一朵晶莹剔透的梅花儿，美得让人颤抖。姐是非常有才华的，记得大家刚用短信的时候，她发给我的每一条文字都特别精致、唯美，还有哲理。我以为那是从别人那儿转的，数年之后，我才知道，那些短信都是姐自己编写的。

早春时节，还不太大的我，就开始在园子里不起眼的角角落落，想方设法种上许多角瓜。冰雪融化还只有寸把深，播种相当不易。隔一段距离，我就用镐刨出一个直径一尺左右的浅浅圆坑，把土块辗碎，放上底肥，撒上种子，再浇上水，最后用塑料薄膜覆盖。每年我们都是全村最早吃上角瓜的一家，有了角瓜，清苦的日子好过了许多。每年都是丰收，结的角瓜太多了。这里是神奇的黑土地，只要不怕吃苦，春种就会有秋收。

大弟竟然怕雷声。有雷雨的夜晚，四五岁的他便一下子坐起来，张大惊惧的瞳孔，目不转睛地向外看。他说这雨要再不停可怎么办。一家人都凑过来劝，他才不得不重新躺下，但仍心事重重，久久难以入睡。

小弟终于下了决心，把家里的全部积蓄——三元二角钱——偷走了。在母亲笤帚疙瘩的追问下，他泪流满面，只得讲出了钱的去处。在老屋的墙角先是看到一段铜丝，用手一拉，一下跟出来40多把小刀。这时小弟刚刚成为一个小学生，还只是漫长的求学生活的开始。

小弟曾在近日一封书信中提及他小学时代的那桩"丑闻"。他说自己那时太喜欢小刀子了，班上的一个同学因为小弟没有小刀而常常嘲笑他。八岁的小弟想：要树立自己的尊严应该从小刀子开始。信末他说，其时真傻，少买几把小刀，买几块糖吃，也不枉了母亲那顿惩罚。

一次与大弟的闲聊中，不知怎么就讲到了他的胆小，他的"怕听雷声"。他拿出自己新发表的一篇小文给我看："我只在老屋里害怕雷声，每一阵雷声滚过，我都听得到一种吱吱嘎嘎的呻吟，老屋在发抖。此时真正恐惧的不是我而是老屋，它太老了……"许多人叹服过大弟的早慧，这也是个例证了，他曾有过那么超越年龄的担心。

老屋地势低洼，丰雨的时令常常用勺子就能舀出井中的水。这成了我们的一桩乐事，井成了水缸，玩起水来方便多了。老屋的泥墙留下了醒目的漏水的水痕，大人的脸上是一团愁苦，这些我们根本未曾在意过。我们自己正陷入一场全面应用"水武器"的战争，直到一方举手投降为止。

那时我们还像一群雏燕，聚居在老屋里。老屋经过了无尽岁月，谁也不大能说得清它的年龄,矮矮的身量,黑黑的泥墙,实在算不上很有风度,但很慈祥,我们喜欢也敬重。相形之下,今天城市楼房呆板的棱角和室内单调的白色,显得过于乏味和缺少个性。

我幼年时便能把李白的《静夜思》倒背如流,可这二十个字背后的深意,却直到二十年后我离开了故乡才渐渐悟到。"床前明月光"总牵动最敏感的那根神经,而乡间的四季与风物虽相隔遥遥却立时凸现于我的记忆里。

三

教我小学四年级语文的是温成林老师,有人说他待我比待自己的孩子都要好。见课本不够我学,他就找来五年级还有初中的语文课本让我读,还时不时从中出个题来考考我。那时的乡村,文化极度饥馑,这已是他能做到的全部了。在作文还是满分100的年代,他可以给我打99分,他说:"作文不能打满分呐,大作家也不能啊。"从那时起,我就不再害怕大作家了,我也能打99分不是?

小学时代，我只有两本文学书。一本汪曾祺等人的京剧剧本《沙家浜》，是从邻居家的烟笸箩里偷来的，里面好多字读不对，包括书名和作者。村里的剧团总演《沙家浜》，我最小的亲叔叔演郭建光。我无论如何也不能想到自己日后会研究汪曾祺。另一本是克扬（薛克扬）的《夺刀》，战士、白马和大刀，威风凛凛的封面令我至今难以忘怀。因为后面好多页撕掉了，我一直不知道结局。前阵子突然想起，想买一本，在网上一搜，品相好的已卖到500元。

初中时，我又多了一册本省作家谢树的散文集《雪莲》。好像是父亲买旧报纸糊墙，它裹在了报纸里。这就是读高中以前，我全部的课外文学教育了。

父亲的军旅生涯因我结束。那时他已做了班长，母亲说探亲时父亲看到刚刚落地的漂亮的我就下了复员的决心，我相信他看到了家里的艰难才是退伍的主要原因。多年以后在听说那个副班长当了军长时，他轻轻地叹了一口气。我知道父亲是留恋那身戎装的，做军人时的那些照片，他一直珍藏着。连给我起的名字也与此有关，可惜后来让我改掉了，我担心重名率太高。

父母对我的疼爱真的多一些，姐姐和弟弟对此很有意见。这些倒没有表现在物质上（也就是我没吃到穿到好的），而是在情感倾向方面。我听话，从不惹祸，又热爱劳动，至今我的脚背上仍残留着一些伤疤，最早的可以追溯到我三岁，那时我便趁人不备，拖着"二齿子"去翻园子，结果有好多次都翻到了自己的脚上；最晚的则是我已登上大学讲台的第四年，那个假期我照旧回乡割麦子，脚上又多了一次劳动的纪念。那个捡硬币的梦，我曾重复了无数次：一枚，两枚……每次捡到第十枚的时候，我就会在梦中告诉自己别再捡了，又是一个梦。捡钱，表明了我对家快些挣脱贫困的热望；只捡硬币而不是大面值的纸币，恰好显示了一个孩子的眼界。第二天早晨在我说又做捡钱的梦时，父母总是沉默。

同父辈相比，我们幸运得多了。父亲以认真的态度侍弄庄稼，而以更认真的态度时刻关注我们的成长。他习惯于让儿女们从他的行动中悟到什么，而不去说教。每次我们做错事，怀着一种羞愧或恐惧的心情时，总能遇到父亲宽容的微笑。

高考时，我因为身体的变故，情绪沮丧，全没了考下去的勇气。父亲恰在此时，从四十里外骑车赶来,他安慰我:"还有三门课,那就是说至少还有一半希望,磨了一年的刀枪,全为的是今天,咬咬牙挺下来吧!还有,我特别羡慕你,年轻时候我多想考啊,大学停招了呀!你这也算是替我考一回。"

这次考试,居然把我送进了一所大学。

毕业以后,我竟然还有机会留校任教。

四

那栋楼总共才有七层,家住七楼的我仿佛住在一篇文章的结尾,句号后边再无别的什么。一次女儿问我:"爸爸,咱们为什么不住一楼?"对于四岁的她,家实在是有些高不可攀了。我说:"怕二楼往咱们家漏水。"接着她便"住二楼""住三楼"地一路建议下去,最后只得接受了住七楼的残酷现实,因为住七楼除了老天再没谁来漏水。我生活的这座城市里高楼并不多,八层以上的居民楼便安了电梯。七楼标示着的是一种极限,而我每天都有机会检测自己的这种爬楼梯耐力。

我的一位恩师在熬了许多年头媳妇成了婆之后，终于有了在新建房里排到好楼层的可能，我特别为他高兴。可是学校有规定，只有卖掉旧的才可购买新的。我和妻便替恩师在校内不失时机地发布卖房消息，还在几处显眼的地方贴了广告。可是过了很久都无结果，恩师急得寝食难安。此前，对于是否买七楼我也颇多犹豫，但后来我还是下了决心。在学校给的最后期限的前一天，我买了恩师家的房子，做弟子的也帮不上别的忙。

此前我一直租住较低的楼层，加之一进入写作状态我就着迷，运动少了人迅速地胖起来。胖是现代人特别恐惧的东西，我当然也不例外。我每天总要出去，总要回家，据说爬楼梯是绝佳的锻炼方式，而我的住处恰好给我提供了这样的便利。大概只是半年的样子，我的肚子就小了下来。我的两个朋友，一个跑步已坚持了一年，一个在家里侍候一台健身器，他们的减肥效果都不如我明显。

恩师家原有两个巨型的书架，足足占了两面墙。我曾跟他开玩笑地说："我喜欢你的书架甚于你家的房子。"原本对自己的藏书数量还有些信心，可书都上架之后竟还有许多空白。我问妻就这么多么,她说就这么多,我们都很扫兴。妻曾激烈地反对我买书,此后却有了一些改变:我再抱回大摞大摞书时,她会走过来帮忙分门别类,让书们快些各安其位;我在书摊前停留时,她也不再把眼光投向别处,而仔细得像一个海关工作人员。我们的家居生活当中自然也多了有关书的话题。

我这个人胸无大志,让父母能够安享晚年,便是我这个人子的一大人生理想。他们苦扒苦做了大半辈子,真的是太难了。在我居有定所之后,就把他们也接进了城。可是七楼,他们的确有些望而生畏。我和妻一商量干脆再单独给他们买个房子,楼层低一点,不过是多过几天紧日子的事情,但父母会开心。父母坚决反对,说你们结婚时家里都没给拿钱,说现在都是老的给小的买房子,说你们姐弟四个不该你一人拿钱。我们只是笑笑,给父母的房子最终还是买了。在我和妻结婚的第八个年头,白手起家、省吃俭用的我们竟然有了两栋房子,想一想还真有点儿成就感呢。

过惯了岑寂的书斋生活,一直想寻一个安静的所在。能够坐拥书城,别的就都显得不重要了。一切嘈杂游荡到了七楼,便都"人声已杳",便都成了强弩之末,我随时都能尝到"躲进小楼成一统"的人生况味。而闲时极目远眺，心中一片澄澈，当"身在最高层"的一种豪情陡然涌起时，再也没有什么烦恼我会放不下了。

那时我就想过，时代会变，生活会变，我家早晚会从七楼走下来。如今，那个愿望早就实现了。

五

最初的一次搬家是我们从岳父家搬出来，因为妻的工作调动已有了眉目。那时，我们在那儿大致已住了两年。结婚时我同妻在相隔百里的两地工作，由我跑通勤当然合适一些，而有时我又回不来，岳母说你们就住我家吧。老实说这两年在那儿过得并不好，至少当时是这样一种感受。我已够勤快，却还是被"派"来"派"去；我的食量很大，却必须有所"保留"；我和妻不能高声讨论问题，更不要说吵架了，怕岳父母误会。车开出那座小城时，我长长地舒了一口气。

衣柜上有一面镜子，车一动就会有床腿之类的东西挤过去。岳父说他上去把着，我说我去。他说你没经验，别争了。路不好，坐在驾驶室里的我都被颠簸得有些受不了。从倒车镜里，我能看到岳父的境遇比我更惨，患有腰疾的他根本没法保持身体的平衡，一路摇摇晃晃，却始终牢牢地用背部挡住那些"腿"们。在我就要吐出来的时候，车终于到了我的住处。结果卸车时，昏头昏脑的我一不小心竟把衣柜的镜子碰碎了，岳父一路的罪也白受了。

进了屋之后，岳父说先把床安上，别的可以慢慢整理。见到这间屋子里挤满了前任房主丢下的铁床，我才想起自己忘了带拆卸的工具，正在我后悔不迭的时候，岳父已默默地在那里动手了。早就备好的扳子、钳子在他的手上就像一群听话的孩子。搬出铁床，安上我们自己的床之后，天已很晚了，早过了饭时。岳父执意立即回去，看了看杂货店一样的屋子，我只得同意了。经过这次搬家，我对自己父亲之外的父爱才有所认识。

再次搬家是一年之后，我们要去一个千里之外的地方。此前和楼道里的人没有什么来往，为了快些把车装好，我特意从外面雇了几个帮工。可来到楼前，已有好多人等在那里了。他们替我辞退了帮工后，就七手八脚地干了起来，有相识的也有不相识的。其中一人看到我脚上穿的是一双新皮鞋，就说赶紧换一下，没有必要毁了它。

在新的工作环境里，每遇烦恼我都会下意识地看看自己脚上的这双鞋。我和同事相处愉快，工作热情高涨，我的表现赢得上上下下的一致好评。如同许多年轻人一样，在缺少创造诱惑力、更多属于机械重复的工作面前，我也渐渐失去了兴趣，并且最终满含歉意地向老总提出辞职。

我不想让同事们看到我不舍的泪水，便把搬家时间选在了周日。大家都住得较远，此前有人问我何时动身，我说还得一阵子。那天，搬家的场面很冷清，几个搬运工没有经验，车装得缺少章法，动作也比较大，东西撞击的声音不绝于耳。

我和妻对望了一眼，各自苦笑了一下，我们要担起押车的重任了。因为晕车的缘故，没出城多远我的肚肠便开始翻江倒海，尚且自顾不暇，更不要说管车了。妻目光炯炯，一会儿指路，一会儿塞给我一个剥好的香蕉，以往我眼中的那个柔柔弱弱的女子一下子成了一个刚强的将军。这次搬家，让我认识到了妻的另一面，越发觉得自己娶到她很幸运。

后来，还有三次搬家。

在鲁迅文学院前留影

岳母总结说:"你的家不白搬呐,房子每一次都比前一次更加宽敞明亮。"

更令我惊喜的是,在搬过几次家之后,我和妻及我的家庭与这个时代一起长大了。

现在,我的长辈们早就住到城里了。撑伞走在路上的父亲,内心一片坦然。母亲也舍得花钱了,还时不时就在朋友圈儿晒一下她养的那些美丽的花儿。姐要告别土地,欣欣然计划着自己城里的生意。大弟喜欢唱歌,目标是未来出一张自己的大碟。小弟早已是国内知名的诗人啦,他的人生以诗为旗。

我的妻子,博士后早已出站。该教授热爱三

尺讲台，也不会忘记让自己每天美美哒。女儿读大三喽，前几天刚在一个城市举办了长篇小说签售会。我呢，闹心事不多，快乐事不少。对这一生，也早就有了自己的设计——做个稍有一点儿追求的小百姓，"闲花淡草不与牡丹争色，不妨自在从容"。

60后

高考记

杨戈平

作者简介：

杨戈平，诗人，笔名解。湖南省作家协会全委。1963年出生于湖南郴州。1979年入伍，1984年毕业于解放军有线电通信技术学校大专班。诗作入选多种权威选本、排行榜及教材。著有诗集《一条溺死在秋季的鱼》《纸日子》《在一起》《灰色调》等多部，另有小说、散文和评论发表。

一

我的第一学历是大学专科。

1978年底，我们国家开始改革开放。我当时是15岁的在校高中生，正赶上改革开放的节奏。按照正常的生活，我将于1979年夏天高中毕业，参加当年的高考。

然而，一个偶然的机会我成为了一名军人。

1979年3月入伍时，我还不满16周岁，是一名不折不扣的小兵。我正在湖南省郴州市一中读高二第一个学期，部队春季要招一批补充兵。我父亲当时在外地出差，那时通信不发达，单位的人通过摇把子电话意外地联系上我父亲，告诉他现在在招兵，问要不要给我报一个名。当时的情况是广西方向有战事，我父亲果断地说报一个，就这样我顺利通过体检。记得我当时身高一米六三，体重不足45公斤。不久我便收到"应征青年入伍通知书"。

我们那批郴州兵一共80个，大部分是领导干部子弟，有市直的、有各县的，统一到五里堆教导队报到集中，当场发放军服，给我们佩戴大红花，当晚在军分区礼堂观看了一场欢迎电影。我当时穿着一套3号军装，显得宽松，头戴了顶5号军帽。

我们第二天跟着接兵首长向广西开拔。一般情况接兵都是坐闷罐车，里面闷热，空气不畅，条件艰苦，而我们这些兵大部分是在校学生，个别在家待业，最大不过18岁，所以部队特别照顾我们学生娃娃，安排乘坐绿皮火车。一抵广西，前方部队已奉命撤军，但我们已经入伍，不可能再返回学校继续读书，于是就把我们安置到桂林市的甲山，在广州军区桂林通信训练大队学习报务。

我原来就读的郴州市一中是所百年名校，全市最好的学校，全省的重点中学，我所在班级高176班是学校的理科尖子班。当时高中是两年制，我那些同学正在高考冲刺阶段。其间，为了高中毕业证的事，我曾给班主任曹敏忠老师写去一封信，他在百忙之中给我回信，大概意思是不能给我发高中毕业证，他说，发高中毕业证，必须考试合格。还告诉我，考试不合格，只能发结业证，像我们这样没有读完离校的，只能发肄业证。还告诉我三者的区别，毕业证是红色的，结业证是黄色的，肄业证是绿色的。

后来从桂林通信训练大队毕业以后，我就分配到了海南岛。

当时的海南还没有建省，属于广东省的一个行政区，行政区有党委、有管委会，副省级架构。岛上的部队很多，野战部队、海防部队、地方部队，海、陆、空都有。其中有一支步兵野战部队，1947年3月在东北组建。这支狂飙劲旅，是陆军王牌师，战斗力特别强，攻击精神旺盛，一路猛冲猛打，劈波斩浪于琼海，从祖国最北端一直打到最南端，把胜利的红旗插到了五指山。我就被分配到这个野战部队，当时驻扎在通什。通什镇当时是海南黎族苗族自治州的首府。

1980年春，我（左）与无线连战友在连队后山留影

二

记得我们无线连在山窝里，跟黎寨杂居一起。从通什方向过来，抵达南圣公社和师部，还要沿着泥土路往里走。首先看见的是有线连和通信连，通信营营部在路旁的一个小山头，居高临下，当时沿途还有一个马厩，养了几匹军马，路的尽头便是我们无线连。连部横卧在山窝的高处，像会场上的主席台，营房排列有序，往下有一个简易篮球场在路旁，炊事班和食堂在最下边，厨房门口大椰子树下有一口很深的水井。后面是一丘山包，地上种了蔬菜，圈里养了猪，周围水塘养了非洲鲫鱼。整个连队

到处都是椰子树、菠萝蜜树，还有芒果树、木瓜树、槟榔树，后山上是成片的菠萝地、辣椒地和芭蕉林。

如果要买日常用品，就得走出去，到南圣公社，过了桥，有个地方叫文化市。当年我的通信地址是，广东省海南行政区通什文化市某部队某分队，曾经有人在信里问我，文化市是什么级别的城市，繁荣吗？为什么叫文化市？我告诉他不是什么城市，没多少人口居住，仅仅一个地名，其实就是一个小集市，有百货公司、新华书店、生鲜商店和照相馆，还有海南特色的奶茶馆，仅此而已。那时我经常跟战友结伴去逛文化市，买牙膏、牙刷、毛巾，喝奶茶，但至于为什么叫文化市，至今也没弄明白。

当时部队军校开始招生，而且规定凡是提干，一律得通过军校。考军校，其实就相当于地方的高考。我先后两次考军校。那时军校刚恢复，跟地方院校一样，进行公开招生。军校不仅在部队中招，也在地方应届高中毕业生中招。

记得我第一次考军校是1980年那次。当时我在师报务训练队，跟战友们正在建房。师报务训练队挂靠在我们无线连，集训队性质，负责全师的报务训练,师下面辖若干个步兵团和炮团,团里的报务学员都要来培训,人多房屋少,怎么办?我们就在连队厨房旁边小山丘的后坡,准备自建一排茅草平房作为学员宿舍。我们周围的黎族村落都是以茅舍为屋,称为"船形茅草屋",我们仿造茅舍建屋,其框架用树木支撑,有栋柱有横梁,四壁用竹片编织,墙壁糊满黄泥浆,人字形的顶篷则覆盖茅草。那天地基已经平整出来,需要的树木和茅草也码堆在坡旁,有些战友抬着树木准备立框架,有些战友在编织茅草,而我和几位战友在平地和黄泥浆。场面热火朝天。黄泥里掺杂了稻草,加

1980年春,我(右)与战友在学习文化

上水,我正卷起裤管,赤脚跳到泥水里踩和着,突然连部通信员跑过来喊我的名字,要我马上去师部参加军校考试。我讲我没有复习,学校里学的那些知识早还给了老师。通信员讲,无线连就数你文化成绩好,首长安排你去,必须得服从命令。就这样,我从黄泥浆里扯出双脚,到深井旁打上一桶水,简单洗了洗,就匆匆赶往师部。可想而知,那次我没有考上。现在回想起来,我还觉得恍惚。

当时连队要抽派一批报务员配合步兵团去广西参战，我的理想并不单纯是考军校，而是应该上前线，杀敌卫国。于是有天夜晚，我偷偷跑到连部，推开连长魏贻先的房门，递上血书请战。但不知何故没有被批准。不久后，魏连长去了武汉通信学院读书，再也没回老部队。这些年听无线连的战友讲，魏连长毕业后留武汉通信学院当教员。2018年初，老无线连的战友在湖南长沙聚会，我碰见阔别已久的魏连长，当我问及38年前上前线的事，他犹豫了片刻，说，记得你当时才只有16岁啊，上战场，不是开玩笑，子弹是不长眼睛的啊！我听后顷刻热泪盈眶！

在我们战友中，大部分战友身材魁梧，年轻壮实，比体力我是最差的，我那时身体很单薄，个头也不高，跟他们一起训练，我总是落后。平时上场打篮球，不管我分到哪边，都没人传球给我，我跑不起来，也接不稳球。因为是打野球，全部赤膊上阵，往往一场球下来，椰子树下的观众甚至不知我是哪边的。战友中农村兵居多，且文化程度普遍较低，而我好歹有百年名校尖子班的底子，相对文化成绩好。那时候部队开始提倡学习文化，提高素质，我的优势被凸显出来。

于是，连队安排我做了文化教员，政治上享受班长级待遇，不再跟十几人，甚至二三十人挤在一个大房间睡通铺，一到点就关灯，而是跟杨副指导员单独在连部住一间小房。我的任务是每周给战友们上两个半天的课，记得主要是补习数学和物理，一般安排在星期三和星期四下午。平时我除了看书备课，还刻苦钻研一套从老家寄来的高考复习丛书，数理化语文政治都有，这样我那些丢给老师的知识又捡了起来。

三

转眼到1981年春，我第二次考军校。

那时我们考军校不是一锤定音，而是有个预考，要从众多报名者中，先由各师组织一次考试，从中筛选出一批优秀者。当时政策已不能直接从战士中提拔干部，提干必须从军校毕业，可以说考军校是当将军的第一道关卡。报考者众多，但许多考生预试阶段就有可能被淘汰，只有少数佼佼者才有资格参加全军的统一考试。

记得预考考场安排在师部大礼堂。大礼堂是师直部队开大会的场所，当时就像个赛马场，是骡子是马都拉出来遛遛。为防止作弊，每个考生被安排隔得很开。印象中预考共考了四门，政治、语文、数学和物理。

预考以后，考生们就是纠结地等待。我回到连队，照样上文化课，每周给战友们上两个半天课，补习数学和物理。后来有一天下午，我上完课，刚抖掉军装上的粉笔灰，就接到营部通知，要我第二天上午去师部会议室开会，讲有好消息。我知道应该是预考通过了。

果然，我们预考通过的考生，被安排到师部一个会议室。我们都很激动，因为这个会议室是师首长开会决策的地方，我们这些小兵蛋子一般是难有机会进来的。师政治部干部科召集我们开会，一是通知我们预考通过，表示祝贺；二是要我们当场填报志愿。难怪会议室四周临时悬挂了一些军队院校的招生广告。我在这次预考中，成绩大概排名全师第二，基本上达到我的预期目标。

我对全军院校情况不是很了解，当时填报志愿，没人指点，完全是按照自己的理解去填写。

我在桂林通信训练大队是学报务的，通俗讲就是一名报务员，专门负责收发电报。当时有一部流行电影，叫《永不消逝的电波》，报务员就像电影里的主人公李侠一样。滴答、滴答、滴滴答，这才是我的专业，训练中接触最多的电台是硅两瓦和15瓦，这些电台在背面都标明"南京通信工程学院设计"，我们师的通信科陈科长就是南京通信工程学院毕业的高才生，我很崇拜他，设计电台对我又有很强的吸引力，所以我毫不犹豫，第一志愿就填报南京通信工程学院。一共可以填报三个志愿。我在招生广告前徘徊好一阵子，第二志愿填报郑州测绘学院的地图绘制专业，我认为地图绘制适合我。第一志愿、第二志愿都是本科院校，而且南京通信工程学院还是全国重点本科院校，我怕万一录取不了，为保险起见，所以第三志愿就填报无线电通信技术学校，这是一所专科院校，刚好又与我的报务专业对口。三个志愿填完，下面还有一栏需要填写，即是否服从组织安排？我考虑再三，决定写上"服从组织安排"。

填完志愿，就准备复习考试。大概有一个月的时间复习。师里给各连队提出要求，我们这些考生安排全脱产复习。所以备考复习阶段，我不用出早操，不用夜间站岗，不用上文化课，不用出公差。那一个月，我几乎每天通宵达旦。

  1981年6月20日，我拿到由广州军区招生领导小组办公室签发的"一九八一年全军院校准考证"，正式考试确定在7月中旬。整个海南岛，分两个考场，一个设在海口，一个设在三亚，一北一南。我被安排到三亚考场，第四考室，考号是6667。

四

  每年7月份是海南岛的台风季节。记得那一年台风特别大，台风过后到处狼藉，连风和阳光都带着泪花。海南岛国有农场多，各个农场都损失惨重，橡胶树刮倒不少，橡胶树就是农场职工的命啊！听讲一株橡胶树可以养活一个人。

  7月11日一大早，我们考生集中后，就登车往三亚赶。那时没有高速公路，路况不好，曲曲折折，颠颠簸簸。乘坐的军用大卡车，上面覆盖暗黄色的帆布蓬，我们挤站在里面摇摇摆摆。台风刚过，有些路段塌方，有些路段水淹，有些路段刮倒的大树横在路上，走走停停，好不容易在

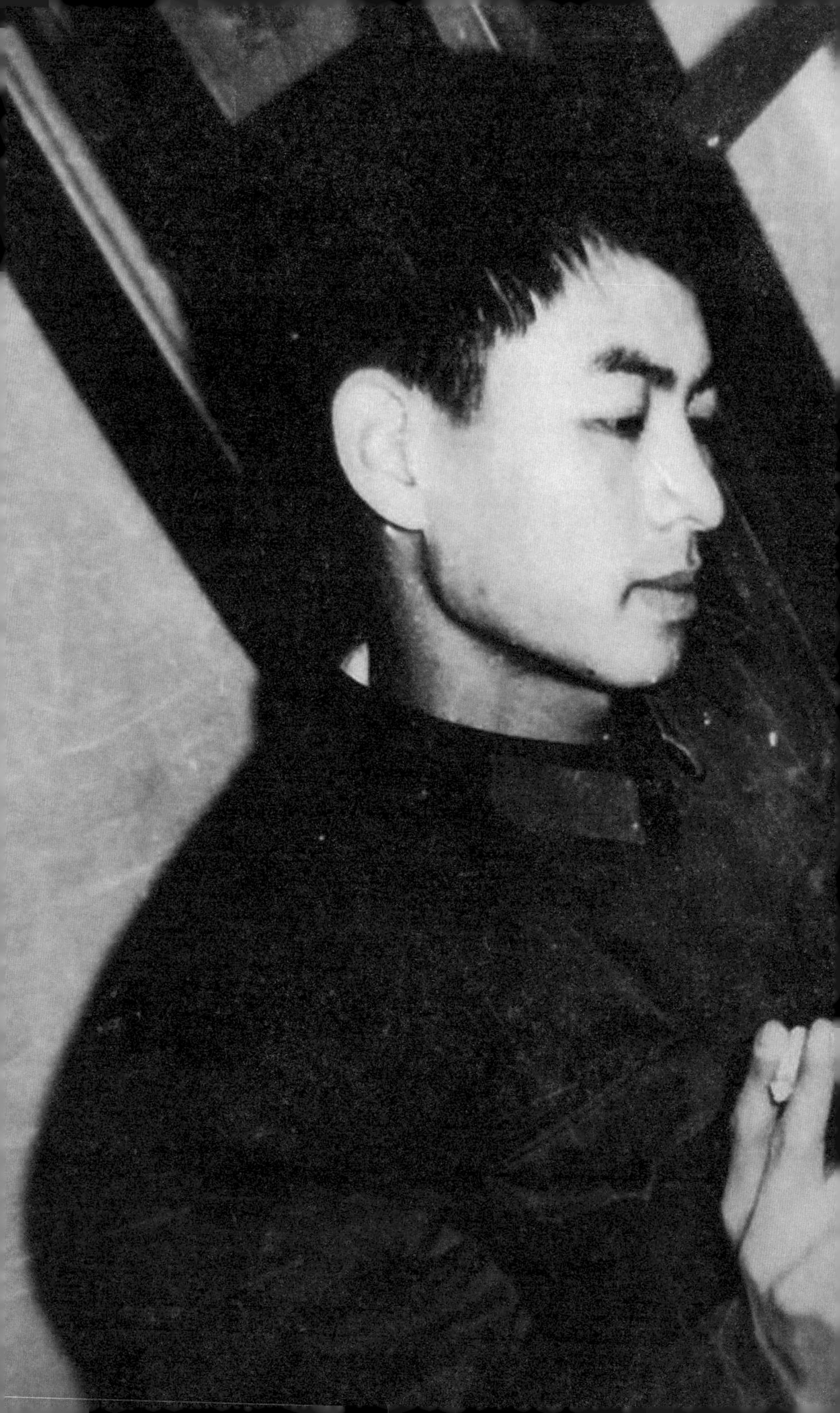

下午5点前终于赶到指定的考场报到。

三亚考场设在海军榆林基地,不分海、陆、空,所有考生在一个考场一起考试。

坐了一整天的车,可能是晕车,身体有些不舒服。第二天休息,看了看考场,适应适应环境。榆林要塞是涉密军事重地,军舰停泊在港口,有些地方不能去,于是我们师的考生们到周围随便转了转。那时的三亚,还没有进行旅游开发,一切原生态,除了大海、蓝天、海鸥、船只、椰子树、烈日,还是大海、蓝天、海鸥、船只、椰子树、烈日。

记得那天大海的颜色是深蓝的,而我的底色是暗红的。

接下来就是正式高考,真枪真刀地拼!一共考了3天,13日考政治和物理,14日考数学和语文,15日考化学,上午8:00—10:30,下午15:00—17:30。我每场都是按规定提前20分钟持准考证进场,对号入座,坐好后将准考证放置桌面右上角,以便监考人员查对。每场看到试卷,总觉得题目并不难,但有些偏,关键是有许多内容没有复习到。我仿佛一下子像茫茫人海中

1981年，有线电通信技术学校女学员合影

那个无助的人！

我的底色是暗红的。

不像现在高考后可以很方便查分数，那时到底考得怎么样，也没地方去查询，唯有等待。回到连队，我照样上文化课，每周给战友们上两个半天。直到8月初才有结果，营部通知我去师政治部干部科，干部科祝贺我考上军校，并开出一份介绍函交给我，限我三天内，去海口市×路×宾馆×房间报到，海南军区政治部干部处在那里设有办公室，专门负责发放"录取通知书"。

1982年夏，与同学在有线电通信技术学校合影

我火急火燎赶到海口，用介绍函换取"录取通知书"。我一看是被有线电通信技术学校大专班录取，可我并没有报考这所学校啊，自己填报的三个志愿全部落空。

我带着沮丧的心情，从秀英码头登船离开海南岛。

五

到今天为止，我也不知道自己到底考了多少分。可以肯定的是，分数没有达到我的预期目标。南京通信工程学院是全国重点大学，有军中

1984年7月,有线电通信技术学校毕业合影

清华地位,分数肯定没达到。郑州测绘学院,不是一个专业系统的,即便分数达到,录取的可能性也极小。重庆的无线电通信技术学校,虽是一所专科学校,但是一所军中有名的专业技术学校,招分不会低于一般本科院校,竞争一定好激烈。倘若没有我"服从组织安排"的承诺,真不知能不能被有线电通信技术学校录取呢。

我到西安后,通过书信联系得知,在一起考军校的战友中,我是考得最好的,三年制大专,技术类军校,而其他的战友顶多是两年制中专,

多是指挥类军校，有些还是一年制的。

后来了解到有线电通信技术学校是所好学校，隶属于总参谋部，是一所1978年4月才恢复的老牌军校，其前身是始建于1945年东北民主联军总部通信学校。学院坐落在西安市南郊，长安中路97号，教学区坐落在长安区王曲镇。我在王曲镇度过了难忘的三年军校生活。后来学校改名为西安通信学院，并发展到有多个硕士研究生学科专业授权点院校。2017年在军改中，新的国防科技大学以原国防科技大学、国际关系学院、国

2017年夏，通信营老兵重返军营，在老部队师部聚会合影

防信息学院、西安通信学院、电子工程学院，以及理工大学气象海洋学院为基础重建，这样西安通信学院融入国防科技大学，祝福母校完成了一次华丽的升级。

倘若不是改革开放，没有恢复军校，当年我没有考上，我的人生就是另外的轨迹。

现在回想起来，我虽然只考了个大学专科，但在当年已算高文凭了。那时大专院校少，考大学是万里挑一，千军万马过独木桥，本科生、专科生凤毛麟角，中专生毕业出来也是国家干部。哪怕普通的技工学校毕业生，国家也包分配工作，如果是农家子弟，就跳出了农门，吃上国家粮。记得1984年我毕业那年，全国普通高等学

校毕业28.7万人,创当时历史新高。据教育部的一份数据显示,2017年大学毕业生已高达795万人。中国高等教育发展实现了从精英教育到大众化,速度之快,实在是令世人惊叹!博士、硕士帽子满天飞,本科生多如牛毛,其实文凭含金量早已下降。

六

2017年夏天,有几个老战友发起重返军营活动,在海口市集中,到场400多人,时间跨度很大,最老的兵是20世纪60年代初的兵。大伙统一穿着军色圆领T恤,雄赳赳气昂昂,吼着军歌,乘大巴浩浩荡荡向通什镇进发。这时的通什已叫五指山市,一切对我们既熟悉又陌生。在通什街上,我邂逅一株瓟瓜树,正值盛果期,果实圆溜溜倒挂枝头,酷似从天而降的炮弹。我问瓟瓜树,瓟瓜好吃吗?它说不能吃,但可以做水瓢。

稍事休整后,我们马不停蹄,吼着《战友之歌》,浩浩荡荡来到老部队。正所谓铁打的营盘流水的兵,部队早走了。营房空置在原地,有士兵守护。因涉及军事机密，在此我不便多言。

我只能说，我当年填报志愿的那栋师部办公楼还在，参加军校预考的大礼堂还在，露天电影场、老电报房和篮球场还在。我们无线连，后来砌了大门、岗亭，椰子树都还在，可惜那些菠萝蜜树不见了，特别是像主席台一样的连部已不复存在。

60后

我经历的那些事

李琼林

作者简介：

李琼林，男，1962年12月生，湖南安仁县人。中国散文学会会员，湖南省作家协会会员，安仁县政协副主席（兼）、县文联主席，安仁县神农文化研究会副会长。毕业于湖南师范大学中文系，文学学士。当过教师，搞过团工作，干过教育行政，担任过文化局局长，一直坚持做地方文化的挖掘整理工作。爱好户外活动，寄情山水，写散文游记，记录行程心情。文章散见于《郴州日报》《郴州风》《散文选刊》《海外文摘》等，作品多次获得全国散文创作奖项。

　　我出生在三年困难时期，那时候到底有多困难？我不知道，但我父母亲知道。

　　从我懂事起，记得家乡的古樟，砍了，放在火炉子里炼钢。树上的白鹭，少了，叫声凄凄，鸟蛋让年长的叔叔或哥哥掏走填了肚子。原本绿意无比的沙洲，荒了，刚刚长出来的草儿，让人割下来沤了绿肥。热闹的是歌声嘹亮，红歌、语录歌，飘扬在战天斗地的劳动场所。

一、进城：高考的魅力

20世纪70年代末，我上初中。大队部里的学校从古老的祠堂，搬到了布霞岭。当时的布霞岭，除了坟堆，已经是光秃秃的了，大树没了，小草没了。我们半农半读，担一担河沙上学去，交给工班拿毛票子；挑一担红泥巴放学，交给生产队里记工分，改良土壤。学校说是勤工俭学，一个学期下来，学费挑出来，队上的工分也记上了，尽管当时只有八分钱的一个劳力。

最高兴的是晚上看电影，赶上老远去看，清一色的打仗片子，什么《渡江侦察记》《奇袭白虎团》《红色娘子军》……如果是自己队里放电影，最快活的恐怕就是小孩子了，追赶打闹不说，附近的亲戚也会带着小孩来看电影，大人准备好炒熟的黄豆，放在我们的口袋里。

1977年，开始恢复高考。我的老师，一个个的考上大学，走了，到北京、东北、长沙、武汉……让我们羡慕得眼睛发光心儿发痒：考大学，到大城市去！高考，在我的心中焕发着诱人的魅力！

1978年，全县高中统一招生，我考上安仁一中：四个统招班（农村班），三个城市班。接到通知的那一天，比我大一点点的年轻漂亮的小婶婶羡慕地对我妈妈说："嫂，现在你到县城，就像是厅屋到厨房一样。"那时候，我不知道这话是什么意思，只囫囵地懂得距离近了，后来才明白她说的是"机会"和"机遇"。进城，是大人们的向往。

走进一中，像是刘姥姥进了大观园，香馥浓郁的桂花树，笔直挺拔的水杉，梅花有红色白色黄色的，这里的一切，都让我这个乡里伢子眼傻，什么都感到惊奇、新奇、神奇。教室，平房的那种，一排一排，青砖黑瓦。教室之间，风雨走廊连着，木结构，简单而古朴。古时候，这里是佛教圣地：万福庵。草木似乎都有些佛缘和禅意。

学校操场，是我们劳动课挖出来、挑出来、填出来的。那时候操场很小，不像现在，四百米塑胶跑道是标配，足球场也是标准的。那时候我们不知道足球，学校也没有足球。上了大学，才知道有世界杯足球赛，城里人在为足球疯、为足球狂，为中国足球而砸桌子怒其不争。

一中校门，在南边。正对着校门的是农民

的菜园,右边有一条弯弯曲曲的S形小路,通往县城;左边是集体菜地,冬瓜、南瓜、丝瓜、北瓜、辣子、茄子、豆角,什么都有——现在已经开发成了"教师村"。

进大门后,左边一口小塘,右边一口大塘,荒着的。不像如今有"书馨亭""留芳亭"什么的。只有几棵大树围着,樟树、木子树、槎树、女贞树,品种多着哩。东头是低洼的水稻田,更早之前是庵子里的贡田。我们读书时就成了学农基地。学农基地不仅校内有,校外也有,而且面积很大。每逢学农周,学校开劳动动员会,"舍得一身剐,敢把皇帝拉下马;莘莘学子学农忙,东周山上赛一场",这是学校总务主任在农忙周的鼓劲话,也就成了我们的豪言和壮语。

校园里,有一片松树林。松树是本地土松,歪歪咧咧,像歪脖子树。但我们喜欢在林子散步,闻着松子香味,在林子里读ABCD,读朱自清的《荷塘月色》,读鲁迅的《狂人日记》,读唐诗宋词,读:"白日不到处,青春恰自来,苔花如米小,也学牡丹开。"那段时间,我们似乎读懂了平凡,读懂了坚强,读懂了向上。

二、分田到户：一场悄悄的土地革命

20世纪80年代初，分田到户，实行联产承包责任制、农村土地改革。我们一家人多，兄弟姊妹五人，一家八口，但劳力奇缺：爷爷年迈，爸爸长年在外搞副业，姐姐和我读高中，妹妹们都还在读小学、初中，只有母亲一个主劳力，所以每逢放农忙假，我都得回家。

那时候，以"牛耕"为主，人力"扯田"已经是少之又少了，但还是可以看到；当然，也有人采用"机耕"了。

我家劳力不足、经济不富裕，牛是主要劳力，犁田耙田全靠它卖力。傍晚时开犁：夕阳下，黄昏里，一头老牛，几声吆喝——这，对我来说，多了几分诗情和画意。所以，虽然苦点累点，但乐呵着。姐妹们早晨四五点钟起床，下田扯秧；上午下午莳田，一根绳子两个木桩，年纪小的扯标线，年纪大一点的，叉开两腿，像鸡啄米一样地插秧。

集体时，生产队的口号是"插完早稻过五一，插完晚稻过八一"。分田到户后，自由了，但农田不荒，农事不废，一切依时令而行。

"包产到户",是一场悄然的土地革命,释放着田地的活力与生机。农民,像当年打土豪分到田地一样,兴奋着,铆足了劲,让土地开花结果。农民生产自主,生活自由,农忙干农活,闲时干副业。这场"革命",也为后来的城市发展,农民进城务工,储备了巨大的劳动力大军。

三、赶分社:千年"赶"的是春分

每年公历三月二十日前后,是传统的春分节气。春分,古时又称"日中""日夜分""仲春之月"。《农桑通诀》记载,古代"春分三候"——元鸟至,雷乃发声,始电。

安仁有一个习俗,叫"赶分社",也就是"赶春分"。分社,年年"赶",代代"赶","赶"了上千年。"不赶春分不进园,不吃草药不下田",是安仁农谚。

春分节前三天后三天,人们齐聚县城赶春分,可谓万人空巷。此俗据传与神农有关,与百草有关。人们挑着从山上挖下来的野生草药,赶到县城去交易。交易之所,在南门洲,古称"香草坪"。如今已经建成了专门的草药贸易市场——"石头坝药材市场"。

神农氏创"日中而市",开贸易先河。传说神农尝百草,辨百药,教百姓交换药材,约定俗成在"春分"那一天。而神农"误食断肠草"的故事,在安仁则更为流行:"采茶九龙庵""野炊香火堂""肠断螺蛳寨",最后葬于"茶乡之尾"的鹿原坡(今炎陵县境内,与安仁仅一山之隔)。

俗传"药不到安仁不齐,药不到安仁不灵,郎中不到安仁不出名",说的就是"安仁赶分社"的魅力!

赶分社

千百年来，安仁也形成了"不赶春分不进园种菜"的习惯。这一习俗，吸引周边省市的百姓、药农和郎中，云南、西藏、贵州，甚至于东南亚、香港的草药郎中都会慕名而来，赶场子、赶热闹、赶灵气。2016年，联合国教科文组织批准"安仁赶分社"这一独特的文化习俗、文化空间，与"二十四节气"联合进入"人类非物质文化遗产保护名录"，这份殊荣给"春分"，给"安仁"，注上了"世界"户籍。

在春分，安仁还有吃草药的习俗，"吃草药"是指"草药炖猪脚"。在安仁，百草是药；老百姓，人人识药。春分节"赶"回来的药，根据季节特点，依祖传古方配制，先用清水熬，喝一碗清水汤——散风疏筋祛寒，再用猪脚炖上一天一夜，熬成药膳——疗养、滋补、强骨健体。如果以"安仁米酒"作"引子"，效果更佳，被誉为"神农第一汤"。

传说神农晚年，带着八名随从，从中原渡黄河跨长江，下洞庭，在湘江流域的洣水、耒水一带开辟了湘南神农文化圈，包括现今衡阳的耒阳，株洲的茶陵、炎陵、醴陵，郴州的安仁、资兴等地。古安仁，山高林密，地湿多瘴气，民多患风湿疾病。神农尝百草，识药性，配置神农古药方，熬汤治疗，以救民于水火。我爷爷和我父亲，都懂草药，小时候，我还看见过线装的《本草纲目》之类的古药书呢。老百姓相信这药汤，喝着这草药汤，每逢春分必赶社，必请药师配置草药，什么月风藤、鳝鱼藤、活血藤，买回来熬着，把亲戚姊妹朋友，喊到一起聚一聚，喝药汤。这汤，也成了联络感情的药汤了。

如今，"草药炖猪脚汤"，这一非物质文化遗产保护项目还列入了上海世界吉尼斯纪录。

分社，年年赶；草药汤，年年熬。赶分社，去逛逛药市，吃一碗米豆腐，看几场杂耍、皮影戏、龙灯狮子；参加祭祀神农活动，看县长老爷一脚靴一脚泥的"开耕仪式"，还有轰轰烈烈、热热闹闹的开幕式……赶分社，千年"赶"的是春分，万年"赶"的是文化，是热闹！

四、骄子梦：从求学到求思

我高中毕业未能考上大学，回村当民办教师，每月五元钱。一等男劳力记十分，因为我是"知识分子"，生产队记十一分——乡下人尊敬"先生"、尊重知识。

我的课程表是一片红：初三数学，初二物理、英语，初一的劳技，还兼小学五年级的思想品德和体育。我也不知道是怎么挺过来的，反正是初生牛犊。

教书之余，我如饥似渴地看书，复习功课，高考"贼心"不死。我很少回家，星期天也不例外，饭菜由妹妹送。父亲给我买了一台收音机，那就是我的陪伴。星期天，老师、学生都走了，一个人守着山头。白天看书不觉得，夜晚累了，空荡荡的校园在黑漆漆的夜晚有些吓人。我把收音机调到最大，还是不能驱赶心中的恐惧，但为了高考，我不能放弃，于是把姨妈家的表弟喊过来与我作伴。

自学，参加高考，还是不行，怎么办？要想考大学，还得到学校去系统地复习。跟妈妈说，我要读书，要考大学！正好，表叔——我初中的老师——大学毕业，分配在红岩中学（安仁五中）教书，我随他去五中复读，由理科改学文科，历史、地理，从头开始。我当班长，但我很少跟班上的同学们玩，伴随我的就是"补课"，补历史、地理、英语。但到县里参加高考，不知是水土不服，还是心理紧张？我上吐下泻，头晕肚子痛，咬着牙坚持把考试考完。这一年的大学梦又泡汤了!

回家,父亲问:"考得怎样?"我说:"不好!"也没有更多的话语。父亲恼了,说:"平时读书不舍己,只是靠巴结老师,给打高分,评'三好',真正考起来了怎么样?差宝一个!"我没有给父亲讲我的身体原因,也没有申辩,只说了句:"运气不好,我还要复读!"

我跑到新华书店,买来了高考复习资料、《汉语成语小词典》《古汉语词典》,一个假期拼命啃书,也不会客。

九月开学,县教育局下通知:一中在全县招一个文科班、两个理科班。我再次踏进一中复习,当团支部书记。在这里,我记住父亲的"训":不当"三好"。记住身体的"痛":锻炼;更懂得读书的"顺":有头绪,不慌乱;并压制心头的"动":青春躁动!

——这一年,我头发开始白了。

这一年,我觉得,是我人生中知识学得最多、学得最扎实的一年。

这一年,我以全县第二的成绩,考上了大

学！成为一名"天之骄子"。

录取时，碰上高考招生改革：师范院校提前录取，我被录取进了湖南师范学院，学中文。

当接到录取通知书时，我正在自家的田里插秧。拿着通知书，我冷静，姐姐和妹妹们比我高兴，爸爸妈妈更是高兴：做酒！放电影！

大学里留下的每一张照片都被悉心珍藏

大学同学在爱晚亭前的留影

　　父亲送我上大学，从茶陵坐火车到长沙，这是我第一次坐上火车。我第一次看到书本上读到的"停车坐爱枫林晚，霜叶红于二月花"的爱晚亭，第一次走进了"惟楚有才，于斯为盛"的岳麓书院，湘江、橘子洲、第一师范、新民学会……我充满好奇，心怀憧憬，开始了我的大学生活，那段生活让我真真切切地感受了毛主席《沁园春·长沙》中所写的"恰同学少年，风华正茂，书生意气，挥斥方遒，指点江山，激扬

记忆中的大学生活是非常美好的

文字"那种骄子的豪迈;体验着"天之骄子"般的骄傲,体验着从求知识到求思想的深刻变化。读书是"三点一线":教室—图书馆—新华书店。生活也是"三点一线":寝室—操场—食堂。

1985年,湖南师范学院更名湖南师范大学,教学更加开放。各种文学流派,各种学术思想和思潮,潮水般地涌进大学校园。听学术交流讲座,接受各种新的旧的思想,感受生活的脉动:

古典主义、浪漫主义、现实主义、自然主义……

婉约派、豪放派、性灵派、鸳鸯蝴蝶派……

寻根文学、伤痕文学、改革文学、荒诞文学……

新感觉派、朦胧诗派……

"实践是检验真理的唯一标准"的大讨论，批判"两个凡是"……

我们不断地进行着思想的大浪淘沙，在迷惘中不断地审视、判别，进行否定，进行否定之否定。

我感觉那是在争夺阵地、争夺青年、争夺未来。

五、冲突：教育的嬗变

1987年我大学毕业，郴州是落后地区，安仁是贫困地区，组织上义无反顾地把我们分配到生我养我的家乡，我进入母校——安仁一中。我的老师成了我的同事，我的师兄成了我的同事，一张张熟悉的面孔，却开始陌生起来。

毕业后，我与一群同龄人回到家乡教书

老一辈掌握着教育局面：稳，但死气沉沉。

上课，按老教师的方法来，从作者简介、诵读，到字词句的解释，从段落大意、归纳中心思想，到欣赏艺术手法，再到模拟写作——这是中学语文教学的基本程序。公开课的评价是某教师的重中之重！久而久之，学生不答应，轻则打瞌睡，重则递条子、打报告，更有甚者与教师公然作对！

怎么办？变！悄悄地变！

让学生参与互动式教学。作文，想起在长

我与第一中学的同事们

沙市一中特级教师的课：从模拟作文，到互批作文、推荐作文，再评议作文、欣赏作文。古语云：授鱼，弗如授渔！

可麻烦来了：偷懒的头衔来了，不批改作文的帽子来了，校长的谈话也来了。

"年轻人，要勤奋，要吃得苦；要对学生负责、对自己负责、对学校负责！……"

校长说的都对，我无言反驳。但我真的没有偷懒，我真的更累了，学生也不再瞌睡了，这是不容置辩的事实！

——强词夺理！顽固不化！不可雕也！

——你不变，调走！

调令在假期里来了。

不走！我没有错！——我较劲了。但从此后，我自己还真的变了！

魏书生在株洲讲课，学校组织部分老师去听课。我自费去听！

听课回来，我恍然大悟：语文课原来可以这样子上！原来可以这么轻松地完成教学任务！

我如获至宝。教学，是教与学，不仅仅是教师，还有学生！学习的主体是学生，教师在于"导"。如此简单，我怎么不知道？笨呀！

从此，我当班主任，教学之余，带学校的"青春诗社"，参与学校共青团管理工作，还当学校学生足球队的教练，曾几何时，我还被人误认为是"体育老师"……一切都在悄然地变化中。我被评为优秀教师、优秀班主任，教学论文也在有关刊物上发表或者获奖，这是"变"的硕果。

我在学校里组织起"青春诗社"

    不久,我被调入县教育局,从事教育行政管理工作,负责业务,主管教学教研,主抓高三高考。这时期,是一个以"考"论英雄的时代。全面应试,全国都考"疯"了。小学升初中,考!初中升高中,考!入重点,考!小考,中考,高考。月考,学考,联考。考状元,考重本,考名牌……

    教育部针对应试,提出了素质教育理念:一切为了孩子,为了孩子的一切,并提出了一系列的"减负"措施。减轻小学生的书包,清理初中生的教辅资料,整顿高中生的复习资料,挤压课堂"水分",向课堂要质量!改革何其难?阻碍何其大?上千年的科举择士,几十年的高考选拔,不抓考试,哪来的"选"和"择"?教育的

我把课堂拉到大自然里

嬗变，是一场系统的革命，没有思想的先导，就没有行动的后劲。我带领教研室的兄弟们学理论，学经验，探模式，求方法，抓教研课题，什么课堂模式变革，什么分层教学，什么优质课评比，什么教学比武……我想试探着用安仁的经验来诠释和实践素质教育。几年下来，似乎有点感觉，但试验还没有结果，我又调走了，到文化局从事文化工作。

六、新时代：文化复兴与乡村振兴

改革开放40年，我们这一辈从来没有后退。我们从改革的阵痛中走过来，也分享了改革带给我们的无比喜悦。

我与文化前生有缘。小时候，县花鼓戏剧团下乡，我喜欢女演员漂亮，走路好看；羡慕男演员帅气，会翻筋斗，会"咿咿呀呀"唱歌，好听。

"赶分社"，我想看戏，但是"一票难求"。参加工作了，我喜欢往花鼓剧团里钻，看《刘海戏金蟾》里的"狐狸精"，看《兰寄子打砖》，看《五子图》，看来看去，把"狐狸精"娶进了门，让她给自己生子做饭。

改革开放初期，经济复苏，文化走入低谷。人们都忙碌着，剧团几近解散，男演员搞"摩托出租"、当老板、开饭店，女演员去跳流行舞、唱流行歌。"狐狸精"也改了行，到商业部门当售货员，然后是下岗，待业，再就业。

2002年，郴州市第九届中小学生运动会在安仁召开，我负责总指挥开幕式大型团体操和闭幕式的文艺演出。一切都是原创，设计创意、文字脚本、导演调度均彰显特色。以致市、县领导给予高度评价：太完美！安仁有人才！

2003年，纪念唐天际将军诞辰100周年，我负责组织排练，200人的大合唱，唱《祖国颂》《山丹丹花开红艳艳》。连专业演员看完合唱后都说："有难度！棒！太棒了！"

2004年底，我被调到文化局当局长，当时文化处于最低谷：景象萧条，百废待举！领导笑着说："受命危难之时！"我笑答："我抓了一副好牌！"

机遇，永远青睐有准备的人。

文化是民族的血脉，是人民的精神家园。文化自觉、文化自信、文化自强。文化大发展大繁荣，文化强国战略……

——这是文化复兴的信号，是发展的机遇。

提振精神，看到希望；务实干事，播种希望。我在文化局期间，踏踏实实做了几件事：

打好一场官司，收回已被法院拍卖的房子！

做好一次汇报，争得一台"送戏下乡"舞台演出车！

写好一份调研报告，挤进"乡镇文化站"建设规划！

与省委宣传部、省教育厅协调，并得到支持，盖起"青少年校外活动中心"！

启动"非物质文化遗产"申报程序："赶分社""元宵米塑""安仁土陶""江口龙舟"……"赶分社"最终跻身联合国"人类非物质文化遗产二十四节气保护名录"！

如今，"绿水青山就是金山银山"的理念深入人心。环境治理、生态发展、美丽乡村建设、乡村振兴战略、乡村旅游建设正酣……

文化复兴已奏响新时代的最强音，"周国桢陶艺馆"——收藏着世界级的陶艺珍品；

"稻田公园"——记住乡愁的体验地;"油菜花节"——展示生态安仁的迷人风采。

改革开放40年,习近平新时代中国特色社会主义已经到来。在实现中华民族伟大复兴的中国梦的征程中,神农文化、湖湘文化、红色革命文化、山水文化、民俗文化……主流文化正融注在安仁人民的灵魂里,流淌在安仁精神的血脉之中,像长江,像黄河,奔腾不息,滚滚向前!

60后

两份特殊的记忆

谭旭东

作者简介：

谭旭东，湖南省安仁县人。著名作家、诗人、儿童文学理论家，鲁迅文学奖获得者。现为上海大学文学院中文系教授，创意写作博士生导师，汉语国际教育专业硕士导师。出版诗歌、散文、童话、儿童小说、幻想小说和寓言集等80多部，译著60多部，文学理论批评著作20部。

今年，恰逢改革开放40年，突然有很多感触，想起之前写过几篇短文，都是这40年的经历和记忆，这里选两篇献给读者，也算是对这40年的纪念。

一、那座老房子

一直很怀念在老房子生活的日子。可惜老房子早就拆掉了。

说起家里的老房子,有一些历史典故。父亲小时候,被过继给了他的叔叔。那时候,父亲的叔叔,也就是我的叔辈爷爷很穷,在广东做生意做得很失败,没有结婚成家。而爷爷有五个儿子,家里也穷得养不起这么多孩子,于是,排行老三的父亲就被过继给了他叔叔。

1996年,在老家桃花盛开的地方

父亲的叔叔其实几乎没有抚养过我父亲，据说他长年在广东挑盐，好像病死在了韶关，连我母亲都没见过这位叔叔。父亲没了养父，只好又回到了亲生父亲家，和他的兄弟在一起。父亲的伯父伯母也因病早逝，他们唯一的儿子，也就是我的堂叔叔梅发，就由我爷爷收养了，所以父亲兄弟就变成了六人。在这样一个大家庭里生活，免不了会产生一些矛盾，尤其是妯娌之间，多少会有一些摩擦和隔阂。我记得小时候，爷爷虽然年龄大了，但他总是会带着伯伯和叔叔家的孩子，而我和两个弟弟，他几乎没有管过，多亏外公外婆和我们同村且离得很近，所以小时候我和弟弟都主要由外公外婆照看。爷爷去世的时候，别的孙子哭了，我竟然不会哭，因为一点也不觉得伤心。现在想起来，爷爷并没有错，这么多的儿子，这么多的孙子，哪里有精力顾得过来呀。何况我的外公外婆住在同村，有外公外婆的照看，比他细心多了，他当然可以少操心了。

说了这么多，说回到老房子，它不是爷爷给我父亲的财产。过去，农村里家家户户都有这么一个习俗。儿子大了，娶了媳妇，就得分两间房子给儿子和儿媳妇，让他们独立过日子。但爷爷没有那么多的房子供六个儿子住，就把父亲的养父,也就是爷爷的弟弟的房子拿来分了,我们家就住了两间,这就是我们家的老房子。

我在老房子里住到了上大学,直到新房子完全盖好,老房子才被拆掉。

以前,农村里的大院子,是前后三栋的。我家所在的乌石塘这个小村子,其实就是一连排的三进三出的大房子。我家的老房子是最西头的一个大院子的第二栋的边屋,因为很大,被隔成了两间,后来,不够用,就把紧挨着的边厅隔了一部分,做了厨房。老房子的两间房子都是东西向的,两边都有窗户,因此通风透气倒很好。因为是砖瓦结构的,架着楼梯,就可以到二楼。二楼是木板做的,很牢固,可以放很多东西,尤其是储存粮食和各种猪牛饲料。厨房和今天的厨房大不一样——用泥砖砌的灶台,有两个火膛,可以同时在两个锅里煮饭、做菜和煮猪食。六岁时,妈妈就安排我早上烧饭,并煮猪食。因为个子矮,刚好够着灶台,所以很多次揭锅盖时,都是站在小凳子上完成的。有一次,要喂猪,我拿起一把大木勺从煮猪食的锅里把猪食舀出来,不小心还烫伤了自己的脚,导致发炎溃烂,好久才愈合。还有一次,我拎着一桶烫热的猪食,跨过门槛,去喂猪,结果被一块砖绊倒,猪食淌了一地，我也全身沾满了猪食，幸运的是，没烫伤。总之，童年的记忆里，有很多类似的小小的挫折和忧伤。

住老房子时，还有一件事，我总是记得。我们家的邻居，和父亲同辈分的族伯，总会为一点小事骂骂咧咧，有时候说我们家占了他家的地方，有时候会说我们家住的就是他们家的房子，还说我们家盖新房子的地也是他家的。听说他土改时做过村里的贫协会主席，人很霸道，总喜欢和村里人吵架，人缘很糟糕。小时候不懂事，也不管他年龄足以做我的爷爷，每次他"找碴"时，我和两个弟弟都和他吵，甚至狠狠地骂他，一点也不怕他。也正是因为这样的邻居，小时候特别渴望住上独立的大房子，特别希望家里也盖上大楼。父亲和母亲也有同样的愿望，当然，几乎所有农村人都怀着造屋梦，尤其是生了儿子的，都要盖房子给儿子娶媳妇。

初中时，我们家的造屋梦开始实现了。父亲由公办代课教师转为公办教师，每个月有一份工资。母亲开了一间小商店，一年能挣几千元。在三十年前，这是很了不起的收入，是村里大多数人都不敢想象的。新房子就盖在老房子的正西边，中间隔着一条小沟，前后两栋，一共有九间

2000年，在老家的竹林留影

大房子，两个堂屋，还有一个厨房，一个天井，一个压水井。新房子还有两层，有水泥和砖块砌的台阶直接从天井到二楼。有了这么宽敞的房子，老房子就没有人住了。没多久，父亲说雨水多，老房子没人住，很容易坍塌。他和母亲一商议，就拆掉了。

老房子拆掉时，我在外面读大学，父亲也没留下什么东西。如果我在家，我一定会留下家里的石磨的。小时候磨过豆腐的石磨，还有几个旧樟木柜子，都是很好的物件。但父亲都把它们丢弃了。多亏大弟有心，他把小时候我们睡过的雕花宁式床留下来了，因此老房子的记忆只有这一点点了。

现在回老家，老房子的旧址变成了荒地。原来的新房子因为没人住也变成了老房子，屋前屋后长满了杂草，橘子成熟了都没人摘。小弟在佛山做企业高管，日子过得好，工资收入高，买了房子；我在北京也买了几套房子，住进了四层的别墅；大弟在家行医，做村干部，也住的是自己盖的三层楼，带着小院子，装修得也很好，算是乡村别墅吧。

去年，我回了一趟老家，看看跟着姐姐和大弟生活的老父亲，我还去老房子旧址看了一下，想起了因病去世的母亲，心里有些酸楚。老房子没了，意味着家里生活条件好了，按说应该高兴呀。但母亲去世了，即使住上了别墅，家里也少了一个精神支柱。

二、馒头的记忆

前些日子出门讲座，遇到一位老朋友，他

说:"旭东,好几年不见,你好像胖了一点呢。"我握住老朋友的手,嘿嘿笑了,说:"主要是我爱吃肉,管不住自己的嘴,以后要少吃点。"

的确,虽然我还不算胖,但脂肪多了对身体没有好处。到了四五十岁,很多人有三高:高血糖,高血脂,高血压。这都与吃喝有关,赶的饭局太多,吃荤的太多,摄入的脂肪太多,热量高的食品吃得太多,难以消化,都变

1998年夏,带爸爸妈妈从老家到南京,第一次坐长江大轮船

成了脂肪,堆积在皮肤下。因此,还是要注意少应酬,在家饮食要注意荤素搭配,同时,要多运动,保护身体。

但回到家里,我仔细想了想老朋友的话,突然又自顾自地笑了。我发现,这几年,之所以经常一出门,就被师友提醒说胖了,主要原因可能不是因为吃肉太多,而是太喜欢吃馒头。尤其是到了冬天,我特别喜欢到面食店或超市里买馒头吃。

说起爱吃馒头,得先说说我的父亲。父亲中学时跟着我的大伯父,也就是他的大哥,到河南洛阳读书,那里是北方产麦区,三餐都是吃馒头,吃面食。于是,父亲一直会做一些简单的面食。包子、油条和馒头,他都会做。小时候,我们家刚开始经济条件不太好,改革开放政策实施的头几年,我们家的条件才迅速好起来,粮食很多,家里还开了一间小商店,加上父亲的工资,天天有活钱,生活比一般人家要好不少。那时候,没有物流的概念,货物运输没现在发达、方便,北方的面到了南方,价格都比米贵,因此,能够吃面食,做馒头和糖包子当早餐的人家,可不是一般家庭。我的一位小学同学,父亲在卫生局当局长,他经常在同学面前说他们家又做糖包子吃了，引得大家都很羡慕。

可能小时候和年轻时经历了饥饿吧，也可能是父母不想再让我们经历饥饿的感受，一旦经济条件好了，父亲就很舍得在改善生活方面花钱，所以我们家差不多每天早餐都吃馒头或者红糖包子。

记得最早买面粉做馒头和糖包子时，只有爸爸会做，妈妈都不行。后来，我们都跟着爸爸学习怎么发面，怎么揉面，怎么做馒头，怎么做包子，渐渐地，家里每个人都会了。我学得很认真，而且我六岁就学会做早餐，所以也比较自觉。做馒头相对工序简单，所以大部分早餐，都是做馒头，蒸馒头。有时候，为了调剂口味，爸爸会告诉我，在和面时，加一点白糖或红糖，于是，我们就可以吃到甜味的馒头。我其实特别喜欢吃不加红糖的馒头，觉得纯面馒头有面的原味，特别好吃。小时候，长身体，加上运动量大，胃口特别好，有时候一顿早餐要喝一大碗稀饭，吃五六个馒头。不过，那时候，处于青春期，比较活跃，运动量大，身体不发胖，不过，每天吃面食，似乎气色特别好。父亲买的面粉，品质都特别好，据说都是从加拿大进口的白面，很细腻，口感好，蒸出来都是雪白雪白的，闻起来也很香。

说起加拿大白面,又得接着前面提到的物流问题。改革开放之初,南方的大米要运到北方,成本很高,所以北方的米比南方的贵不少。而北方的白面运到了南方,比从加拿大进口的白面还贵,所以,我们家买的白面都是加拿大进口的。进口白面细腻,口感好,吃起来香,价格还比北方运过来的便宜。

我们家早餐吃馒头,吃糖包子,在村里是很

2000年,在老家的竹林留影

稀罕的。当时，有些邻居和乡亲很好奇，还过来看稀罕，想知道我们家是怎么做馒头吃馒头的。母亲很大方，只要来看的人都会送几个馒头。没多久，大伯父家、大叔叔家，也跟着买白面，做馒头吃了。说实话，早餐吃馒头，吃红糖包子，比早上熬米粥、炒菜、蒸饭，要方便、省事。老家有一个习俗，无论春夏秋冬，家家户户早上都要蒸饭烧菜。条件好的家庭，早上要吃白米饭，要烧三四个菜和一个汤，所以很费时费事。吃面食，虽然多花点钱，却可以节约时间，而且面食也很有营养，吃了几个馒头，很耐饿，出门干活，也有力气。

因为在家吃惯了面食，吃惯了馒头，到了大学，食堂里早餐以面食为主，而且最便宜，供应最足的就是馒头。这对很多从南方考到北方的大学读书的学生，可不是件好事，但对我，却没什么。记得大学时，如果这一天上午没课，吃完早餐，我就会买两个大馒头，塞到书包里，钻进图书馆，看一个上午的书，肚子饿了，就啃一个馒头。或者晚餐时，买两个馒头，一边啃，一边往图书馆赶。那时候，不怕吃不饱，就怕图书馆没有好座位。啃着馒头，简单生活，拼命读书，也拼命写作，所以大学四年，在几十家报刊发表了新闻和文学作品300多篇,大学三年级时,还写了两篇学术论文发表,其中一篇是发表在学校的学报上的。最有意思的是,大三时,我自费出版了一本诗集,受到《中国煤炭报》的报道,可以说比较顺利地走上了文学之路。

工作和成家后,我也保留着吃面食的习惯。有些北方的同事感觉有点奇怪,因为单位上有的湖南人,一日三餐都离不开米饭,还要天天吃辣椒。我不但不爱吃辣,还特别喜欢吃面食。于是,他们问我:"谭老师,您为什么这么习惯面食?"我说:"从小吃惯了,现在可以一日三餐啃馒头,吃面食。"我的回答,往往又会引起同事们的进一步询问,他们要刨根究底的。

我的生活很简单,即使收入高了,生活富裕了,有时候因为工作忙,秋冬天通常就买几十个馒头,收起来,每天早上,放到蒸锅里馏一下,就一块王致和臭豆腐,就是一顿简易的早餐。

因为自己爱吃馒头,所以好多次与人聊天时,都把它当作"爱好"一样地聊到。不过,在外面吃过几次馒头,记忆特深。有一次,去哈尔滨,当时担任黑龙江少儿社社长的赵力,就带我到城郊一个东北土菜馆用餐。在那里,吃到了特别好吃的大馒头,是贴在铁锅上闷熟的。去年冬天,《教师博览》杂志和《黑龙江教育》杂志联合举办一个语文教师培训,文友、《教师博览》杂志的编辑部主任周正旺兄请我去做一个关于语文课的讲座。那一次,也在编辑的安排下,与一位著名作家刘醒龙一起在一个小饭馆吃到了大馒头。我应邀到华北、东北的一些地方做讲座,只要是进土菜馆,点主食,除了面条,我一般都会点一份馒头。当然,有些比较正式的饭局,还是客随主便了。不过,只要餐桌上有馒头,我都要吃一个。其他的主食,吃不吃无所谓。

说到了馒头,还有个特别温馨的记忆。我的一位同事,老家是东北的,他的爸爸妈妈跟着住在北京,他和我家在同一个社区,是一起买的房子,他们家住的楼和我家住的楼紧挨着,算是邻居。同事的爸爸妈妈特别纯朴,人特别好,每次见面都热情打招呼,有时候还聊聊天,问候问候。有一次聊天,可能我无意中提到了我爱吃馒头,且抱怨教工食堂里的馒头不好吃。没想到,隔了一些日子,同事的妈妈,竟然做了一大袋子馒头送给我家。阿姨的手艺真好,到底是地道的东北人,做的面食真是顶好。馒头特别香,口感好,连吃几个大馒头,都不觉得多。阿姨看我很

2000年,在老家的竹林留影

喜欢,隔了一段时间,又做了一些送给我家。说实在的,我从来没吃过这么好吃的馒头。开学的前两天,阿姨来看我的小女儿,又带来了一大袋馒头。几天的早餐,都够了。

南方人一般吃米饭,吃米粉;北方人一般吃馒头,吃面条。南方人用米做出各种小吃,北方人也用面做出各种小吃。我在南方长大,在北方读书、工作,特爱馒头,既有家庭的原因,也和馒头本身的营养价值和特色有关。

我也爱吃米粉，但对馒头特有感情。馒头好像一个纯朴的人，馒头是面食里最实在的一种，也是最能把面的味道和营养传达出来的一种。

我认为，馒头也是一种美食。当然，能够把馒头当作美食，大概也与时代有关，如果没有好的生活，我对待馒头可能就是另一种心态了。